L'AMOUR D'ERIKA EWALD

ŒUVRES DE STEFAN ZWEIG
AUX ÉDITIONS BELFOND

Le monde d'hier, 1982

La guérison par l'esprit, 1982

Le combat avec le démon, 1983

Trois poètes de leur vie, 1983

Ivresse de la métamorphose, 1984

Emile Verhaeren, 1985

Journaux 1912-1940, 1986

Destruction d'un cœur, 1987

Trois maîtres, 1988

Les très riches heures de l'humanité, 1989

STEFAN ZWEIG

L'AMOUR D'ERIKA EWALD

Nouvelles

Traduit de l'allemand
par Hélène Denis

PIERRE BELFOND
216, boulevard Saint-Germain
75007 Paris

Ce livre a été publié sous le titre original
DIE LIEBE DER ERIKA EWALD
par Egon Fleischel, Berlin, 1904

Si vous souhaitez recevoir notre catalogue
et être tenu au courant de nos publications,
envoyez vos nom et adresse, en citant ce livre,
aux Éditions Pierre Belfond,
216, bd Saint-Germain, 75007 Paris.
Et, pour le Canada, à
Édipresse Inc., 945, avenue Beaumont
Montréal, Québec H3N 1W3.

ISBN 2.7144.2588.7

L'amour d'Erika Ewald

A Camill Hoffmann,
très amicalement

... Mais c'est l'histoire de toutes les jeunes filles, ces douces stoïques, de répondre qu'elles ne souffrent pas, quand elles souffrent... Les femmes sont si bien faites pour la souffrance, elle est si bien leur destinée, elles commencent de l'éprouver de si bonne heure et elles en sont si peu étonnées qu'elles disent longtemps encore qu'elle n'est pas là, quand elle est venue!

Barbey d'Aurevilly

Erika Ewald entra lentement, de la démarche prudente et silencieuse d'une personne qui est en retard. Son père et sa sœur étaient déjà en train de dîner ; au bruit de la porte, ils levèrent les yeux et lui adressèrent un signe de tête rapide, puis, dans la pièce faiblement éclairée, on n'entendit plus à nouveau que le tintement des assiettes et le cliquetis des couteaux. Il était rare que quelqu'un parle, un mot était lâché de temps à autre et il flottait, instable, comme une feuille jetée en l'air, avant de retomber, exténué. Ils avaient tous peu de chose à se dire. Sa sœur était laide et effacée ; habituée depuis des années à ne pas être écoutée ou à faire l'objet de railleries, elle avait acquis cette morne résignation propre aux vieilles filles qui voient chaque jour s'achever dans un sourire. De nombreuses années d'un travail de bureau sans surprises avaient rendu le père étranger au monde, et particulièrement depuis la mort de sa femme il s'était installé dans un état permanent de mauvaise humeur et dans un mutisme obstiné, ainsi que le font les vieilles gens pour cacher leurs souffrances physiques.

Erika se taisait elle aussi le plus souvent au cours de ces soirées monotones. Elle sentait qu'il était impossible de lutter contre le climat sombre qui pesait sur ces heures comme des nuages d'orage menaçants.

Et puis, elle était trop fatiguée pour cela. Des journées de travail qui la mettaient au supplice, où elle courait d'une leçon à l'autre, forcée de supporter avec une patience inlassable les dissonances, les accords hésitants, les brutalités infligées à la musique, suscitaient chez elle un obscur besoin de se reposer, de laisser se déverser sans un mot toutes les sensations que la violence du jour avait étouffées. Elle aimait à se confier à elle-même dans ces rêves éveillés, car une pudeur quasi exacerbée ne lui permettait jamais de faire devant les autres la moindre allusion à ses sentiments, bien que son âme frémît sous le poids des paroles qu'elle ne parvenait pas à prononcer, comme la branche d'un arbre vacille sous la charge des fruits trop mûrs. Et seul un léger tiraillement tout à fait imperceptible autour de ses lèvres étroites et pâles trahissait qu'un combat acharné se livrait en elle et qu'elle était la proie de désirs effrénés qui ne voulaient pas se laisser traduire par des mots, et qui, parfois seulement, agitaient sa bouche fermement close d'un tressaillement farouche, comme si soudain elle était secouée de sanglots.

Le dîner fut bientôt terminé. Le père se leva, leur souhaita brièvement une bonne nuit et se rendit dans sa chambre pour allumer sa pipe. C'étaient les mêmes choses tous les jours dans cette maison, où l'activité la plus anodine se pétrifiait elle aussi dans une habitude immuable. Et Jeannette, sa sœur, partit chercher, comme toujours, son nécessaire de couture et se mit à broder de façon machinale à la lueur de la lampe, fortement penchée en avant à cause de sa myopie.

Erika alla dans sa chambre et commença de se dévêtir avec lenteur. Il était encore très tôt ce soir-là. D'ordinaire, elle avait coutume de lire jusque tard dans la nuit, ou elle restait appuyée à la fenêtre, emplie d'une sensation de bien-être, à regarder loin au-delà des toits clairs, illuminés par la lune, baignés dans des flots de lumière argentée. Ses pensées n'étaient jamais très précises, elle n'éprouvait qu'un sentiment confus d'amour pour le clair de lune éclatant, étincelant, qui se répandait pourtant avec tant de douceur et qui faisait briller comme des miroirs les milliers de vitres derrière lesquelles s'abritaient les mystères de la vie. Mais aujourd'hui elle ressentait une douce lassitude, une pesanteur bienheureuse qui invite à se blottir sous des couvertures chaudes et moelleuses. Une somnolence, qui n'est autre qu'un désir de rêves suaves et radieux, coulait à travers ses membres, les refroidissait doucement et les engourdissait ainsi qu'un poison. Elle se redressa d'un geste brusque, se libéra presque à la hâte de ses derniers vêtements, éteignit la chandelle. Encore un instant – puis elle s'étira dans son lit...

Pareils à des ombres chinoises, les souvenirs heureux de la journée se remirent à danser allégrement devant ses yeux. Elle était allée chez lui aujourd'hui... Ils avaient de nouveau – lui au violon, elle au piano – répété ensemble pour leur concert où elle devait l'accompagner. Et ensuite il avait joué pour elle – Chopin, une ballade sans paroles. Et puis il lui avait dit des mots doux et tendres, tellement de mots tendres!

Les images défilaient de plus en plus vite, la ramenant à elle-même, chez elle, pour s'envoler à nouveau vers le passé, vers le jour où elle avait fait sa connaissance. Et bientôt elles firent éclater le cadre étroit du temps et de l'expérience vécue, devinrent de plus en plus extravagantes et confuses. Erika entendit encore sa sœur se coucher dans la pièce à côté. Une idée curieuse et folle lui traversa l'esprit: l'aurait-il également appelée chez lui? Un sourire joyeux et impertinent fut sur le point de se profiler sur ses lèvres, mais elle était déjà trop ivre de fatigue. Et, quelques minutes plus tard, un sommeil profond l'emportait vers des rêves heureux.

A son réveil, elle trouva une carte postale sur son lit. Ce n'étaient que quelques mots, jetés d'une main ferme et énergique, des mots comme on en prodigue à des étrangers. Mais Erika les ressentit comme un présent et comme un bonheur, parce qu'ils avaient été écrits par lui; elle avait le don d'entrevoir la véritable plénitude cachée derrière un détail insignifiant. Et ainsi il ne lui suffisait pas que l'amour soit une douce clarté qui nimbe tous les êtres; ce sentiment transfigurateur devait se perdre si profondément qu'il s'apparenterait à une flamme intérieure émanant de toutes les choses inanimées. Dès les premières années de sa jeunesse, son caractère craintif, solitaire et réservé lui avait appris à ne pas considérer les objets comme froids et sans vie, mais à voir en eux des amis discrets et tendres qui confient des secrets à qui les écoute. Livres, tableaux, paysages et morceaux de musique lui parlaient, car elle avait conservé la faculté poétique propre à l'enfance de voir dans des corps peints, dans des objets inanimés, une réalité pleine de mouvement et riche en couleurs.

Là avaient été ses bonheurs et ses fêtes solitaires avant que l'amour ne soit venu à elle.

Ainsi les quelques signes tracés sur le papier constituèrent eux aussi pour elle un événement. Elle lut les mots comme il avait coutume de les prononcer, avec l'intonation douce et musicale de sa voix; elle s'efforça de glisser dans son propre nom le charme suave et secret que seul peut conférer le langage de la tendresse. Elle rechercha dans les quelques phrases, écrites dans un style froid et respectueux à cause de ses parents, la résonance enfouie de l'amour et, perdue dans ses rêves, elle s'attarda tellement sur chacun des caractères de chaque ligne qu'elle fut sur le point d'en oublier le contenu. Celui-ci était pourtant loin d'être sans importance. Il fallait qu'elle lui fasse savoir si l'excursion qu'ils avaient prévue pour dimanche aurait bien lieu. Suivaient quelques mots anodins au sujet d'un concert où ils devaient se produire ensemble et dont ils avaient débattu depuis longtemps. Puis une formule de salutation amicale et une signature hâtive. Mais elle lisait et relisait sans cesse ces lignes, parce qu'elle croyait y entendre un sentiment puissant, obsédant, qui n'était en réalité que l'écho de celui qu'elle éprouvait elle-même.

Il n'y avait pas longtemps que cet amour était venu à Erika Ewald, apportant un premier éclat dans son existence terne et insignifiante de jeune fille. Et l'histoire en était paisible et banale.

Ils avaient fait connaissance lors d'une soirée. Elle donnait dans cette maison des leçons de piano, mais ses manières discrètes et sa distinction l'avaient fait aimer de tous, si bien qu'elle y était considérée comme une amie. Il avait été convié là à l'occasion d'une fête, pour ainsi dire en tant que «pièce de résistance * », car, malgré sa jeunesse, sa renommée de violoniste virtuose était tout à fait exceptionnelle.

Les circonstances elles-mêmes contribuèrent à favoriser leur entente. On le pria de jouer et il alla pratiquement de soi que c'était elle qui devait l'accompagner. C'est alors qu'il la remarqua, car elle comprenait si bien ses intentions qu'il devina aussitôt la délicatesse et la profondeur de ses sentiments. Et, au milieu du tonnerre d'applaudissements qui suivit l'exécution du morceau, il proposa qu'ils bavardent un peu ensemble. Elle acquiesça d'un léger signe de la tête, un signe imperceptible.

Mais ce fut impossible. On ne les libéra pas de sitôt; il ne pouvait que jeter de temps à autre un coup d'œil à la dérobée sur sa silhouette gracile et souple et recueillir un salut timide et étonné de ses yeux sombres. Ses paroles se perdaient dans la masse des banalités et des formules de politesse qui se déversaient sur elle. Puis il y avait toujours d'autres personnes, son attention était accaparée de mille façons différentes, et elle en oublia presque ce dont ils étaient convenus. Mais, lorsque tout fut terminé et qu'elle prit congé, elle le vit soudain à côté d'elle, qui lui demandait de sa voix douce et pleine de réserve s'il pouvait la raccompagner chez elle. Elle fut un instant embarrassée; puis elle le pria en des termes si maladroits de ne pas se donner cette peine qu'il parvint finalement sans difficulté à ce qu'il désirait.

* N. du T. : en français dans le texte.

Elle habitait dans un faubourg assez éloigné et ils marchèrent longtemps dans la nuit d'hiver éclairée par la lune. Ils restèrent un moment silencieux; ce n'était pas la manifestation d'une gêne mais simplement la peur indéfinie qu'éprouvent les êtres raffinés, dotés d'une certaine culture, à entamer une conversation par des banalités. Puis il se mit à parler. Du morceau de musique qu'ils avaient joué ensemble, et de l'art en général. Mais ce n'était là qu'un commencement. Tout juste un chemin pour atteindre son âme. Car il savait que tous ceux qui dépensent avec tant de magnificence leurs richesses dans l'art, qui mettent tous leurs sentiments dans la beauté de la musique, sont, dans la vie, sérieux et renfermés et ne se dévoilent qu'à celui qui peut les comprendre. Et effectivement, en lui énonçant sa conception de l'art et de l'interprétation, elle lui révéla une grande partie de ce que sa vie intérieure contenait de plus secret, beaucoup de choses qu'elle n'avait encore jamais confiées à personne et bien d'autres dont elle n'avait pas encore pris conscience elle-même. Plus tard, elle ne parvint pas à concevoir comment elle avait surmonté alors sa réserve constante, presque craintive, plus tard, lorsqu'il fut plus proche d'elle, lorsqu'il devint son ami et son confident. Ce soir-là en effet, un artiste, un créateur, lui apparaissait encore comme un être puissant, extérieur à la vie, ne vivant que dans les lointains, inapprochable et supérieur, comme quelqu'un de bienveillant et de compréhensif, à qui on ne doit rien cacher. Jusqu'alors elle n'avait été entourée que de gens simples, dont l'analyse et l'évaluation ne présentaient pas plus de difficultés qu'un devoir de classe, d'inquisiteurs pleins de préjugés et conservateurs, qui lui étaient étrangers et qu'elle craignait presque. Et puis, cela avait été une nuit calme et claire. Et quand on marche ainsi à deux dans la nuit silencieuse, sans être entendu ni dérangé par personne, quand les ombres obscures des maisons se posent sur les paroles et que les voix sont emportées, sans écho, dans le silence, on est aussi confiant que si l'on se parlait à soi-même. Alors émergent des profondeurs toutes les pensées qui, dans le tourbillon de la journée, sombrent sans qu'on y prête attention, et auxquelles seule la tranquillité du soir permet de prendre leur essor; et ces pensées se transforment en paroles presque sans qu'on le veuille.

Cette longue marche solitaire dans la nuit hivernale les avait rapprochés. Lorsque, au moment de se quitter, ils se serrèrent la main, les doigts pâles et froids d'Erika restèrent longuement abandonnés, comme perdus, dans sa main vigoureuse. Et ils se séparèrent ainsi que des amis de longue date.

Ils se rencontrèrent souvent au cours de cet hiver. Ce fut d'abord un hasard favorable, puis vinrent les rendez-vous. Il était attiré par cette fille si intéressante avec toutes ses particularités et ses bizarreries, il admirait la retenue et la distinction de son âme qui ne se révélait qu'à lui et se jetait craintivement à ses pieds, tel un enfant effrayé. Il aimait son infinie délicatesse, la vigueur de sa sensibilité, séduite spontanément par toute forme de beauté, mais prompte à se cacher devant des yeux étrangers pour que ne soient pas troublées la pureté et la vivacité de son plaisir. Cependant, ces sensations délicates et profondes qui le faisaient vibrer à l'unisson lorsqu'il les rencontrait chez quelqu'un d'autre lui étaient personnellement inconnues. Dès sa jeunesse, alors qu'il n'était encore qu'un enfant, les femmes l'avaient trop considéré comme un artiste, l'avaient trop choyé pour qu'il puisse trouver de la satisfaction dans un amour spiritualisé; sa sensibilité était trop peu féminine, trop peu juvénile, parce que la douceur irraisonnée et sans désirs des émois de collégien n'avait jamais trouvé place dans son existence trop précoce. Plein d'ardeur et en même temps blasé, il aimait de ce désir brutal qui aspire à l'accomplissement charnel pour s'y épuiser. Et il se connaissait, il se méprisait chaque fois pour cette faiblesse dont il n'était pas maître, il ressentait du dégoût pour cet assouvissement rapide sans pouvoir se défendre, car la passion et la sensualité ébranlaient sa vie, ainsi que son art. La maîtrise de son jeu trouvait elle aussi ses origines dans cette virilité ferme et ardente; son coup d'archet énergique, et cependant d'une douceur tzigane, lui permettait d'exprimer les nuances les plus subtiles, qui sont comme le souffle léger d'une mélancolie assoupie. Une légère peur ne laissait pas de sourdre derrière la violence poignante avec laquelle il savait subjuguer son auditoire.

Et l'amour qu'Erika éprouvait pour le jeune homme était lui aussi empreint de crainte et de soumission. Elle aimait en lui tous les personnages de ses rêves, qui avaient acquis une certaine réalité au cours de ses longues années de solitude, elle vénérait l'artiste qui s'était incarné dans sa personne, parce que, pareille à une enfant, elle croyait qu'un artiste doit se conformer à une dignité sacerdotale, jusque dans son mode de vie. Elle l'observait parfois d'un regard neutre et dépourvu de sensualité ainsi qu'un tableau étrange auquel on veut prêter des traits familiers, et elle se confiait à lui comme à un confesseur. Elle ne pensait jamais à la vie, ne l'ayant jamais connue, ne l'ayant vécue que comme un rêve inconsistant. C'est pourquoi il n'y avait en elle aucune appréhension, aucune angoisse face à l'avenir, elle croyait que cet amour platonique, tout de vénération, dont la beauté formelle et la pureté intérieure la rendaient confiante, laisserait résonner à l'infini sa musique harmonieuse.

Elle constatait parfois avec surprise qu'elle n'éprouvait absolument pas le besoin de parler lorsqu'elle était chez lui. Il jouait, ou bien gardait le silence tandis qu'elle restait assise à rêver, et elle sentait simplement que ses rêves devenaient toujours plus clairs, plus lumineux, quand il parlait ou la regardait. Tout s'était évanoui, aucun des bruits confus du jour ne lui parvenait plus, elle ne percevait que la tranquillité, le silence, et, au fond de son cœur, ce tintement argentin des cloches un jour de fête. En elle frémissait alors une nostalgie, un besoin de tendresse, l'espoir d'entendre murmurer de doux mots, qu'elle redoutait en réalité. Intuitivement, elle comprenait à quel point elle était sous son charme, à quel point il savait la dominer par la grâce de son art aux sonorités envoûtantes, porteuses de souffrance et de jubilation; elle se sentait désarmée face à son jeu et tellement pauvre, elle qui ne pouvait rien donner mais se contentait de recevoir, lui demandant l'aumône de ses mains grandes ouvertes et tremblantes.

Elle venait plusieurs fois par semaine chez lui, c'était devenu une habitude immuable. Il y eut d'abord les répétitions en vue d'un concert commun, et ils ne purent bientôt plus se passer de ces quelques heures. Elle ne se doutait pas du danger que comportait l'intimité croissante de leur amitié; au contraire, les dernières réserves de son âme tombaient devant lui et c'est à lui, son unique ami, qu'elle révélait ses secrets les plus cachés. Elle ne remarquait même pas, lors de ses récits passionnés, presque visionnaires, que, allongé à ses pieds, il étreignait ses mains en l'écoutant dans un état d'excitation grandissante, et baisait parfois ses doigts de ses lèvres brûlantes. Et elle ne se rendait pas compte non plus que, travers les accents de son violon les plus obsédants et les plus lourds de désir, il ne s'adressait qu'à elle, car elle ne cherchait dans la musique qu'elle-même, que ses propres rêves. Cette période lui permit de comprendre et de libérer tout ce qu'elle n'avait pas osé dire jusqu'alors à voix haute, mais rien d'autre pour l'instant. Elle savait simplement que ces moments paisibles apportaient un grand éclat dans sa journée monotone et laborieuse, et éclairaient ses nuits. Et elle n'aspirait qu'à être tranquille et heureuse; elle ne désirait qu'une paix féconde où elle pût se réfugier comme devant un autel.

Mais elle se gardait bien de montrer son bonheur au grand jour; souvent, lorsque sur ses lèvres s'ébauchait un sourire de pure félicité, elle le dissimulait aux autres, y compris à sa famille, avec une réserve farouche, comme elle aurait caché des larmes sur le point de jaillir. Car ce qu'elle vivait, elle voulait le préserver des regards étrangers, ainsi qu'une œuvre d'art aux mille facettes qui, dans un cri d'effroi, se briserait entre des doigts grossiers. Et elle protégea son bonheur et sa vie derrière des paroles insignifiantes, froides et éculées, afin qu'ils puissent passer par un grand nombre de mains sans être méjugés ni voler en éclats dépourvus de toute valeur.

Elle lui rendit à nouveau visite le samedi soir précédant l'excursion. En frappant à la porte, elle retrouva l'anxiété étrange qu'elle éprouvait chaque fois qu'elle allait chez lui et qui ne cessait de croître jusqu'à ce qu'elle soit en sa présence. Mais elle n'eut pas longtemps à attendre. Il ouvrit rapidement, la conduisit dans la pièce où il travaillait, lui enleva, avec une galanterie pleine de prévenance, sa veste printanière et effleura respectueusement des lèvres sa belle main finement veinée. Puis ils s'assirent ensemble sur un petit canapé en velours foncé, près de son bureau.

Il faisait déjà sombre dans la pièce. Dehors, des nuages gris couraient dans le ciel, pourchassés par le vent du soir, et l'ombre qu'ils projetaient troublait la lumière mate du crépuscule. Il demanda s'il devait allumer. Elle répondit non. Elle aimait tant la douceur de cette lumière paisible et mélancolique qui ne permet plus de deviner, mais tout juste de reconnaître. Elle était immobile. On distinguait encore l'ameublement exquis de la pièce, le superbe bureau avec sa statue de bronze; à droite, un porte-violon sculpté dont la silhouette se détachait nettement sur le morceau de ciel gris qui lorgnait, indifférent, à travers la vitre. Quelque part, on entendait une pendule dont les battements lourds et mesurés évoquaient les pas fermes et inexorables du temps. Sinon, tout était calme. Seule la fumée bleuâtre d'une cigarette oubliée s'élevait en volutes régulières dans l'obscurité. Et un tiède vent printanier leur parvenait à travers la fenêtre ouverte.

Ils discutaient. D'abord ce fut une conversation souriante, mais leurs paroles se firent de plus en plus lourdes dans l'obscurité menaçante. Il parla d'une nouvelle composition, un chant d'amour qui reprenait quelques strophes simples et mélancoliques d'une chanson populaire entendue une fois dans un village – des jeunes filles revenaient du travail, leurs voix résonnaient, au loin, il n'avait pas pu comprendre les paroles et n'avait perçu que la nostalgie douce et oppressante de la mélodie. Hier, tard dans la soirée, cet air avait resurgi en lui et il en avait fait un chant.

Elle ne disait rien; elle le regardait simplement. Et il comprit sa demande. Sans dire un mot il se dirigea vers la fenêtre et prit son violon. Son chant s'éleva très doucement.

Derrière lui, le ciel s'éclaircissait lentement. Les nuages vespéraux, comme incendiés, brûlaient dans un éclat pourpre. Cette lueur vive commença à se refléter dans la pièce, puis s'éteignit peu à peu, saturée.

Il exécutait ce chant désolé avec une force prodigieuse, s'abandonnant lui-même à ses sonorités. Il perdait son chant pour ne retenir que l'autre, la mélodie populaire infiniment nostalgique qui, dans toutes les variations qu'il lui apportait, ne faisait qu'exprimer la même chose sous forme de balbutiements, de pleurs, de cris d'allégresse. Il ne pensait plus à rien, ses idées étaient lointaines et confuses, les sons ne provenaient plus que du sentiment débordant de son âme qui s'offrait à eux. La pièce étroite et sombre baignait dans la beauté... Déjà les nuages rouges s'étaient transformés en ombres lourdes et noires, et il continuait de jouer. Il avait oublié depuis longtemps qu'il n'exécutait ce chant que pour elle, en hommage à elle; sa passion tout entière, son amour pour toutes les femmes du monde, pour l'incarnation du Beau, s'éveillaient au jeu des cordes qui frémissaient sous l'effet d'une bienheureuse ferveur. Il trouvait sans cesse un nouveau crescendo, une violence plus sauvage, sans jamais atteindre l'accomplissement transfigurateur; même dans l'élan le plus fou, ce n'était toujours qu'une nostalgie, une nostalgie faite de gémissements et de jubilation. Et il continuait à jouer, comme à la recherche d'un accord bien précis, d'une résolution finale, qu'il n'arrivait pas à trouver.

Soudain il s'arrêta net... Secouée de sanglots hystériques, Erika s'était effondrée sur le canapé, puis, dans son extase, elle s'était relevée, comme envoûtée par les sonorités. Ses nerfs fragiles et irritables succombaient toujours à la magie d'une musique sentimentale; des mélodies mélancoliques pouvaient la faire pleurer. Et ce chant plein d'une attente pressante, exaltante, avait exacerbé sa sensibilité et porté ses nerfs au comble de la tension. Elle ressentait douloureusement la violence de cette nostalgie contenue, elle avait l'impression qu'elle allait crier sous l'empire de cette torture qui l'étreignait, mais elle n'y parvenait pas. Une simple crise de larmes mit un terme à cette exaltation fiévreuse.

Il s'agenouilla près d'elle et chercha à la calmer. Il lui baisa doucement la main. Mais elle continuait à trembler et parfois ses doigts étaient parcourus d'un tressaillement, comme sous l'effet d'une secousse électrique. Il lui parla avec amitié. Elle n'entendait pas. Avec une ardeur croissante, il embrassa ses doigts, sa main, en prononçant des mots passionnés, il embrassa sa bouche tremblante qui frémit inconsciemment sous ses lèvres. Ses baisers se firent de plus en plus pressants, il les entrecoupait de tendres mots d'amour et la serrait dans ses bras avec de plus en plus de fougue et de désir.

Subitement elle émergea de son demi-rêve et le repoussa presque avec violence. Il se releva, vacillant, effrayé. Elle resta encore un instant muette, comme pour se souvenir de tout. Puis, le regard inquiet et d'une voix étranglée et balbutiante, elle le pria de lui pardonner: elle était souvent sujette à des attaques de nerfs de ce genre et la musique l'avait émue.

Pendant quelques minutes régna un silence pénible. Il n'osait rien répondre parce qu'il redoutait d'avoir joué un rôle méprisable.

Elle ajouta encore qu'elle devait s'en aller; elle n'avait plus une seconde à perdre, on l'attendait depuis longtemps à la maison. Elle avait déjà pris sa veste. Sa voix lui sembla froide, presque glaciale.

Il voulut dire quelque chose, mais tout lui paraissait ridicule après les paroles qu'il venait de prononcer dans l'ivresse de sa passion. Il l'accompagna en silence et avec déférence jusqu'à la porte. Ce fut seulement en lui baisant la main qu'il demanda sur un ton hésitant:

– Et demain?

– Comme convenu. N'est-ce pas?

– Naturellement.

Il se sentait heureux qu'elle parte sans un mot à propos de son comportement et il admirait la réserve pleine de délicatesse avec laquelle elle lui pardonnait sans rien laisser paraître. Ils se dirent rapidement adieu, puis la porte se referma avec un bruit sourd.

Le dimanche matin avait été un peu terne et mélancolique. Une épaisse brume matinale étendait au-dessus de la ville les mailles serrées de son filet gris et une légère bruine tombait en frémissant sur les rues, comme au travers de fins interstices. Mais le filet sombre ne tarda pas à étinceler, comme si une couronne royale, en or massif, s'y trouvait prise, qui devenait de plus en plus brillante et de plus en plus lumineuse. Et finalement le tissu terne se déchira sous le poids de cette clarté et un frais soleil printanier se mit à luire, réfléchissant des milliers de fois son visage juvénile dans les vitres polies et les toits mouillés, dans les flaques d'eau flamboyantes, sur les coupoles des églises doucement embrasées et dans les regards réjouis des gens qui scrutaient le ciel.

L'après-midi, régnait déjà dans les rues la grande animation des dimanches. Le cliquetis des voitures produisait une mélodie joyeuse, mais les moineaux, voulant faire encore plus de bruit, criaient à l'envi du haut des fils télégraphiques, et au milieu de ce tohu-bohu résonnaient les signaux stridents du tramway. Une marée humaine envahissait les grandes artères et se dirigeait vers la périphérie; on eût dit une mer sombre où étincelaient cependant de blanches tenues printanières et des couleurs claires qui pour la première fois se risquaient au-dehors. Et au-dessus de tout cela, il y avait le soleil, un chaud soleil de printemps qui scintillait, répandant des flots de lumière.

Erika se réjouissait de constater en marchant à quel point elle se sentait légère et heureuse à son bras. Elle aurait aimé danser et folâtrer ainsi qu'un enfant. Un enfant, une fillette, c'est bien à cela qu'elle ressemblait avec sa petite robe toute simple et ses cheveux relevés, alors que d'ordinaire ils descendaient sur son front, lourds et menaçants comme un nuage orageux. Et son exubérance était si débordante et si vraie qu'il perdit lui aussi rapidement son sérieux.

Ils avaient vite renoncé à leur projet initial d'aller au Prater, car ils redoutaient l'agitation bruyante et tapageuse qui, les dimanches, déchire le silence solennel de ce parc magnifique. Leur Prater, c'étaient les larges allées bien entretenues avec leurs châtaigniers séculaires, les vastes étendues vallonnées qui vagabondent et se terminent en sombres forêts et les prés clairs qui se chauffent dans l'éclat du soleil et ont tout oublié de la métropole qui respire et geint tout près d'eux. Mais, les jours de fête, ce charme se dissimule et se perd dans le déferlement de la foule.

Il proposa de prendre la direction de Döbling, mais ils iraient bien au-delà de ce joli petit village dont les maisonnettes blanches et accueillantes étincellent, coquettes, dans la gangue sombre de leurs jardins pimpants. Il connaissait là-bas quelques chemins empreints de calme et de poésie, permettant, par d'étroites allées couvertes de fleurs d'acacias, d'atteindre doucement les vastes champs. Et c'est ce qu'ils firent ce jour-là. Ils arrivèrent dans le village tranquille, plongé dans une paix dominicale presque champêtre qui les accompagna tout au long de leur promenade comme un parfum doux et insaisissable. Parfois ils se regardaient, et ils percevaient la richesse de leur silence : il portait et exaltait toutes les sensations heureuses liées à la splendeur du printemps.

Les blés étaient encore bas et verts. Mais l'odeur bénie de la terre chaude et généreuse leur parvenait telle une salutation pleine de promesses. Au loin il y avait le Kahlenberg et le Leopoldsberg, avec sa petite église antique dont le mur tombait à pic jusqu'au Danube. Et, devant eux, beaucoup de terres riches, le plus souvent brunes et non encore labourées, promettant les plus belles récoltes. Avec déjà, çà et là, des carrés couverts de moissons blondissantes qui tranchaient sur la noirceur du sol, ainsi que des guenilles sur le corps vigoureux et hâlé d'un travailleur de force. Et, tendu comme un arc au-dessus de tout cela, un ciel printanier bleu et serein où les hirondelles agiles passaient dans un joyeux gazouillis.

Alors qu'ils parcouraient une large allée ancienne bordée d'acacias, il lui raconta que c'était la promenade préférée de Beethoven ; c'est en marchant là que lui était venu un grand nombre de ses œuvres les plus profondes. L'évocation de ce nom les rendit tous deux graves et solennels. Ils songeaient à sa musique qui avait rendu plus riches et plus intenses de nombreuses heures, bénies, de leur vie. Comme ils pensaient à lui, tout leur semblait plus important, plus grand : ils ressentaient la majesté du paysage dont ils n'avaient vu auparavant que la pureté joyeuse, et le parfum lourd et saturé de la terre brûlée de soleil et gonflée de fruits était pour eux le symbole le plus secret du printemps.

Leur chemin se poursuivait à travers les champs. En passant, Erika faisait bruire dans ses doigts le blé encore vert et parfois une tige se brisait dans sa main, sans qu'elle s'en rende compte. Le silence qui régnait entre eux suscitait en elle des pensées étranges et profondes dans lesquelles elle se perdait en rêvant. Des sentiments d'amour tendres et secrets s'étaient éveillés en elle ; cependant, elle ne songeait pas à celui qui allait à son côté, mais à tout ce qui vivait autour d'elle, au blé qui se balançait doucement dans le vent, et aux hommes à qui il procurait travail et bonheur. Elle songeait aux hirondelles qui se poursuivaient très haut dans le ciel et à la ville qui, en bas, au loin, regardait de leur côté, enveloppée d'un voile de brume gris ; elle ressentait à nouveau la force toute-puissante du printemps, comme un enfant qui, bondissant de joie, se précipite pour la première fois en poussant des cris d'allégresse au-devant de la lumière douce du soleil.

Ils marchèrent longtemps à travers prés et champs. Déjà, l'après-midi touchait à sa fin. Ce n'était pas encore le soir, mais la lumière vive s'imprégnait peu à peu d'une douce langueur annonçant sa venue, et l'air se teintait d'un léger frisson rose pâle. Erika était un peu fatiguée et, à la fois pour se reposer et par curiosité, ils allèrent dans une petite auberge au bord du chemin, d'où leur parvenait un bruit confus de voix joyeuses. Ils s'assirent dans le jardin ; aux tables voisines étaient installées des familles des faubourgs, des gens bien, pleins de bonhomie, parlant fort et sans façon, qui célébraient le dimanche à la manière viennoise, par une excursion. Derrière, sous une tonnelle, il y avait quelques musiciens ambulants, trois ou quatre, qui, les jours de semaine, parcouraient la ville en mendiant et n'avaient un toit au-dessus de leur tête que le dimanche. Mais ils jouaient fort bien les vieux airs traditionnels et, lorsqu'ils entamaient une rengaine particulièrement entraînante et populaire, tous l'entonnaient sans tarder et chantaient la mélodie à pleine gorge. Les femmes mêlaient elles aussi leurs voix, personne n'éprouvait de gêne, tout respirait ici le bien-être et la satisfaction.

Erika lui souriait de l'autre côté de la table, mais à la dérobée, afin que personne ne se sente offensé. Elle aimait ces gens modestes, sans complications, avec leurs sentiments et leurs instincts simples qu'ils ne cherchaient pas à dissimuler. Et elle aimait cette ambiance chaleureuse et champêtre qui ne se laissait troubler par aucune intervention de l'extérieur.

L'aubergiste, un homme large d'épaules et à l'air bon enfant, s'approcha de leur table avec un sourire jovial. Il avait reconnu en son hôte un homme de qualité et il voulait le servir en personne. Il demanda s'il devait lui apporter du vin et, ayant obtenu une réponse affirmative, il voulut savoir si la fiancée du monsieur désirait aussi quelque chose.

Le visage d'Erika s'empourpra et elle fut tout d'abord incapable de répondre. Puis elle se contenta de faire un signe de la tête. Son «fiancé» était assis en face d'elle et, bien qu'elle ne le regardât pas, elle sentait son regard souriant qui se délectait de sa confusion. Elle avait honte en réalité de se comporter aussi maladroitement à cause d'une méprise tout à fait naturelle, mais elle ne parvenait plus à se libérer de cette sensation de gêne. Et d'un seul coup, le charme fut rompu; à présent, elle se rendait compte de quelle façon saccadée et machinale les gens débitaient leurs chansons, à présent elle entendait les affreux beuglements et le tapage des voix d'ivrognes qui se joignaient aux autres dans une joie frénétique. Elle n'avait qu'une envie: s'en aller.

Mais, à ce moment précis, le violon attaqua quelques mesures étranges. Il jouait avec délicatesse une vieille valse de Johann Strauss et les autres se coulèrent dans cette mélodie suave et charmante. Erika constata une nouvelle fois avec étonnement l'emprise de la musique sur son âme, car soudain elle avait l'impression d'être légère, de flotter, de planer. Et, entraînée par la douceur de la mélodie, elle chantait des paroles qui lui étaient inconnues, elle les fredonnait tout bas, presque à son insu. Elle avait simplement conscience que tout était redevenu joyeux et parfait, elle percevait à nouveau la floraison du printemps et son propre cœur qui dansait.

Lorsque la valse fut terminée, son compagnon se leva et s'en alla. Elle le suivit bien volontiers, car elle avait compris immédiatement qu'il ne voulait pas qu'une rengaine monotone vienne anéantir l'envoûtement créé par cette mélodie fervente et radieuse. Et ils reprirent le beau chemin qui menait à la ville.

Le soleil avait déjà baissé; seuls, derrière les arêtes des montagnes, quelques filets de lumière d'un rose étrange filtraient dans la vallée à travers les arbres qui baignaient dans une lueur dorée. C'était un spectacle merveilleux. Le ciel rougeoyait comme sous l'effet d'un incendie lointain et, tout en bas, au-dessus de la ville, la coloration intense des rayons conférait à la brume l'aspect d'une boule pourpre. Se mêlant en une douce harmonie, tous les bruits s'évanouissaient dans le soir: le chant lointain de promeneurs qui rentraient, accompagné d'un harmonica, le grésillement de plus en plus fort des grillons et le vague bruissement, le susurrement, le chuchotement qui parcourait toutes les feuilles, toutes les branches et semblait même remplir l'air.

Soudain, abruptement, il prononça quelques mots, brisant leur silence solennel, presque recueilli: «Erika, c'était tout de même drôle que l'aubergiste vous appelle ma fiancée!»

Puis il rit, d'un rire forcé, laborieux.

Erika fut tirée de sa rêverie. Où voulait-il en venir? Elle sentait qu'il voulait entamer, forcer, une conversation. Une crainte sourde l'envahit, une peur stupide, insensée. Elle ne répondit pas.

– C'était pourtant drôle, non? Et comme vous avez rougi!

Elle tourna les yeux de son côté pour voir l'expression de son visage. Voulait-il se moquer d'elle? – Non! Il était très sérieux et ne la regardait pas du tout. Il avait dit cela sans intention. Mais il voulait une réponse. Alors seulement elle se rendit compte à quel point il avait dit cela d'une façon peu naturelle; comme s'il s'agissait de préliminaires. Elle était si anxieuse et elle ne savait pas pourquoi. Mais il fallait qu'elle dise quelque chose, il attendait.

– J'ai trouvé cela plus embarrassant que drôle. Je suis ainsi faite, je ne goûte guère la plaisanterie.

Elle avait parlé sur un ton dur, péremptoire, comme irritée.

Puis ils se turent à nouveau tous les deux. Mais ce n'était plus le silence heureux qui recouvrait auparavant un plaisir partagé, ils ne percevaient plus à l'unisson la sensation en train de naître; c'était au contraire un silence lourd et sombre qui dissimulait quelque chose de menaçant, d'oppressant. Et elle redouta soudaın que son amour ne devienne douloureux et déchirant, à l'instar de chaque bonheur rencontré jusqu'alors: les livres empreints d'une douce mélancolie qui la faisaient pleurer et qui étaient pourtant son bien le plus cher, ou les vagues embrasées de la musique de Tristan et Isolde qui, tout en représentant pour elle le comble de la félicité, lui étaient une torture cruelle. Le silence l'accablait de plus en plus et se transformait en une sorte de brume sombre et pesante qui se posait douloureusement sur ses yeux. Elle ne parvint que peu à peu à se libérer de son anxiété. Elle voulait en finir, l'interroger clairement et sans détour.

– J'ai l'impression que vous cherchez à me cacher quelque chose. Que se passe-t-il?

Il resta un moment silencieux, puis il fixa sur elle ses prunelles sombres. Il réfléchit, et la regarda encore plus intensément et avec davantage d'assurance; sa voix s'éleva, étrangement pleine et mélodieuse.

– Je l'ai ignoré pendant longtemps. Je ne le sais que depuis peu. Je vous désire.

Erika frémit. Elle avait baissé les yeux, mais elle sentait son regard pénétrant, intense, interrogateur. Elle pensa maintenant à la dernière fois où elle avait été chez lui et où il l'avait embrassée. Elle ne lui avait alors rien dit, mais son cœur s'était réveillé tumultueusement, sans qu'elle sache si c'était sous l'effet de la colère ou de la honte. Et elle avait été saisie par cette angoisse qu'elle éprouvait d'ordinaire lorsqu'il jouait des romances ardentes et passionnées, par cet effroi bienheureux plein d'abîmes et de félicités sans fin. Qu'allait-il se passer à présent? Mon Dieu!... Elle devinait qu'il continuerait à parler, elle le souhaitait avec ardeur tout en le redoutant. Elle ne voulait pas l'entendre. Elle voulait regarder les champs, oui, le soir, le soir merveilleux. Surtout ne rien entendre, ne rien entendre. Contempler la ville, et ses brumes obscures, la ville et les champs. Et les nuages là- haut... Les nuages, comme ils couraient dans le ciel! Il n'y en avait plus guère. Un... deux... trois... quatre... cinq... oui, cinq nuages... Non! Ils n'étaient que quatre!... Quatre...

Mais il se mit à parler.

– J'ai longtemps eu peur de ma passion, Erika! J'ai toujours eu le pressentiment qu'elle arriverait, sans jamais vouloir y croire. Maintenant elle est là. Je le sais depuis la dernière fois où vous êtes venue chez moi, depuis hier.

Il se tut un moment et respira profondément.

– Et... cela me rend triste, infiniment triste. Je sais que je ne peux pas vous épouser, je sais qu'il me faudrait alors sacrifier mon art. Cela, personne d'autre ne peut le comprendre – vous, vous le comprendrez, Erika, très chère Erika. Seul un artiste peut comprendre cela, et vous avez une âme d'artiste, riche, infiniment riche. Et vous êtes également intelligente. Cette relation ne peut plus continuer ainsi... il faut y mettre un terme...

Il s'arrêta. Erika sentit qu'il n'avait pas encore fini de parler. Elle aurait souhaité par-dessus tout pouvoir se jeter à ses pieds et l'implorer de ne pas continuer maintenant. – Elle ne voulait rien entendre maintenant, rien comprendre. – Non, elle ne voulait pas... Et elle recommença de compter avec anxiété les nuages...

Mais ils n'étaient déjà plus là... Si, là-bas il y en avait encore un... Un seul, le dernier, légèrement teinté de rose comme un cygne qui descend fièrement le fleuve sombre... D'où lui venait cette image? Elle ne le savait pas... Ses pensées se faisaient de plus en plus confuses. Elle sentait seulement qu'elle ne voulait penser qu'au nuage... Il s'en allait maintenant, oui, il s'en allait au-delà de la montagne... Elle avait conscience qu'elle lui était attachée de tout son cœur, qu'elle aurait voulu par-dessus tout étendre les mains pour l'arrêter, mais il partait... il courait, il courait plus vite, de plus en plus vite... Et à présent... à présent il avait disparu... Et, impuissante, Erika perçut à nouveau clairement ses paroles qui firent frémir son cœur d'une peur aveugle.

– Je ne sais pas si tu me connais vraiment. Je ne crois pas, je pense toujours que tu me surestimes. Je ne suis pas un grand homme, je ne fais pas partie de ceux qui... qui dominent la vie, satisfaits et sûrs d'eux. J'aimerais être comme eux, mais je ne le suis pas. Je colle à la vie, je suis de ceux qui convoitent ce qu'ils aiment. Je suis simplement comme tous les hommes; quand j'aime une femme, je ne me contente pas de la vénérer, je... je la désire aussi... Et... je ne veux pas te tromper avec des étrangères. Je ne veux pas que tu me méprises. Tu m'es trop chère...

Erika avait pâli. Maintenant seulement elle comprenait ce qu'il voulait dire et elle s'étonnait de n'y avoir pas pensé plus tôt. D'un seul coup elle était redevenue calme. Ce qui était arrivé devait arriver.

Elle voulut réagir contre ses propos, mais elle n'y parvint pas. Le tendre tutoiement qu'il avait adopté l'avait singulièrement conquise par toute l'affection qu'il renfermait. Elle ressentit à nouveau à quel point elle l'aimait; elle en prit soudain conscience, comme d'un mot oublié et que l'on retrouve. Et elle sut aussi à quel point il lui serait difficile de le perdre, combien de forces intimes l'attachaient à lui. Elle vivait tout cela ainsi que dans un songe...

Il continuait à parler et sa voix se faisait douce, caressante. Elle sentait la pression de sa main sur ses doigts délicats.

– Je ne sais pas si tu m'as aimé, si tu m'as aimé comme je t'aime à présent. Dans un abandon total et dans l'oubli infini de toutes les mesquineries, de cet amour, parfaitement sacré, qui ne peut que donner, sans rien refuser. Et je ne crois qu'à l'amour qui se sacrifie pour lui-même... Mais maintenant tout est terminé. Et je n'en suis pas moins épris de toi...

Erika était comme ivre. Elle fut parcourue d'un léger frisson. Elle savait simplement qu'elle allait le perdre, mais qu'elle en était incapable. Et qu'elle planait très haut au-dessus de la vie. Tout était lointain, si lointain. Le soir avait étendu sur les vallées une paix empreinte de douceur et de solennité, au loin il y avait la ville avec son grondement et tout ce qui rappelait la réalité. Elle se sentait évoluer sur des sommets radieux, très loin de toute laideur et de toute mesquinerie, avec son amour prêt à se sacrifier, libre et généreux, avec ce pouvoir merveilleux qu'elle avait d'offrir le bonheur. Toute pensée, toute réflexion sensée, tout calcul l'avaient quittée; elle n'était plus habitée que par des sentiments exubérants, jubilatoires, inconnus d'elle. Elle n'avait plus aucune prise sur elle-même; elle avait perdu toute volonté. Et elle dit, avec douceur et simplicité:

– Je n'ai personne au monde que toi. Et c'est toi que je veux rendre heureux.

Toute pudeur avait disparu en elle, tandis qu'elle lui parlait. Elle savait seulement qu'avec un mot elle pouvait donner beaucoup, beaucoup de bonheur et elle ne vit que ses yeux brillants de reconnaissance.

Il se pencha, et il effleura ses lèvres d'un baiser respectueux.

– Je n'ai jamais douté de toi.

Puis ils prirent le chemin qui descendait vers la ville pour rentrer chez eux.

Lentement, ils pénétrèrent dans la ville sombre, comme fatiguée du jour, et Erika eut l'impression de retomber des cimes enneigées et resplendissantes d'un rêve bienheureux dans la vie, dure, froide et inexorable. Telle une étrangère, elle parcourait d'un regard inquiet les rues brumeuses des faubourgs, emplies d'un bruit et d'une humidité désagréables, horribles; et une sensation douloureuse de vide s'abattit sur elle. Elle était oppressée par les maisons enfumées qui formaient une masse sombre au-dessus d'elle, sinistre symbole d'une vie quotidienne brutale et menaçante qui faisait irruption dans son destin pour le broyer.

Elle fut presque effrayée lorsqu'il lui dit soudain un mot d'amour, et elle s'étonna d'avoir presque oublié les minutes de tendresse passées et sa promesse. Dans cet environnement morne et oppressant, les propos qui lui avaient été arrachés un peu plus tôt à la faveur d'une ivresse subite lui étaient devenus tout à fait étrangers. Elle le regarda, très discrètement, de biais. La détermination plissait son front, les contours de sa bouche indiquaient calme et assurance, tout son visage reflétait une virilité inflexible et satisfaite d'elle-même. Nulle trace de la douce mélancolie qui d'ordinaire contenait ses forces en une belle harmonie, seulement une dureté triomphante, qui était peut-être une sensualité aux aguets. Erika détourna lentement son regard. Jamais encore il ne lui avait paru aussi étranger, aussi éloigné d'elle qu'en cet instant.

Et soudain elle eut peur, une peur folle, incontrôlable! D'un seul coup s'éveillèrent en elle des milliers de voix effrayées, qui la mettaient en garde dans un tapage assourdissant. Qu'allait-il se passer maintenant? Elle ne le sentait que de façon confuse, car elle n'osait pas l'imaginer. Tout en elle se révoltait contre cette promesse extorquée au cours d'une minute de faiblesse, et la honte qui l'enflammait lui cuisait comme une blessure. Sa sensualité ne l'avait jamais préoccupée, elle s'en rendait compte à présent, au plus profond de son cœur; il n'y avait en elle aucun désir de l'homme, seulement de la répulsion pour la force brutale et la contrainte. En cet instant elle ne ressentait que du dégoût, tout lui apparaissait sombre, et se chargeait d'une signification laide et vile: la légère pression qu'elle sentait à son bras, les couples d'amoureux qui surgissaient du brouillard et se perdaient, chaque regard qu'elle croisait par hasard en passant. Son sang battait avec fureur à ses tempes douloureuses.

Tout à coup elle prit conscience de la nature profondément cruelle de cet amour qui tremblait sous les déceptions comme sous des coups de fouet. Ce qui s'était produit tant de fois allait être vécu à nouveau. La sensualité de l'homme tuait l'amour tendre de la jeune fille et ses frissons les plus sacrés. Le bonheur qui avait plané au-dessus de l'obscurité ainsi que de scintillants nuages vespéraux était brisé désormais et la nuit commençait à tomber, lourde et noire, dans un silence menaçant, déchirant, impitoyable...

Ses pieds pouvaient à peine la porter plus loin. Elle remarqua qu'il prenait le chemin de son appartement et cela la paralysa. Elle voulait tout lui dire : son amour pour lui était entièrement différent de celui qu'il avait pour elle, elle n'avait fait cette promesse que sous le charme d'une atmosphère à laquelle avaient succombé ses nerfs sensibles et tout en elle se révoltait contre cette scène d'amour convenue. Mais elle ne parvenait pas à exprimer ces mots à haute voix ; ils restaient à l'état de sensations mornes et oppressantes qui, loin de libérer son âme, la mettaient au supplice. Des souvenirs sombres et angoissés l'effleuraient de l'ombre noire de leurs ailes. Il y en avait un qui revenait sans cesse, l'histoire étrange et pourtant si banale d'une de ses camarades de classe. Elle s'était donnée à un homme et, lorsqu'il l'avait quittée, pour se venger, et sous l'effet de la colère, elle s'était donnée à un autre, puis encore à d'autres – elle ne savait plus elle-même pourquoi. Erika frissonnait chaque fois qu'elle pensait à cette jeune fille dont la vie avait été traversée par l'amour ainsi que par une tempête ; et la résistance farouche qui l'habitait était davantage que la pudeur originelle d'une jeune fille pure qui a peur de l'inconnu, c'était la fragilité délicieuse d'une âme délicate et timide qui redoute le bruit de la vie et son horrible brutalité.

Mais ils continuaient à être séparés par un silence froid tout en marchant côte à côte, bras dessus, bras dessous. Erika aurait voulu dégager le sien, mais ses membres semblaient avoir perdu toute mobilité, seuls ses pieds avançaient régulièrement, comme en rêve. Et ses pensées devenaient de plus en plus confuses, elles jaillissaient pêle-mêle, semblables à des flèches ardentes dont la pointe brûlante se fichait dans son cerveau. Et par-dessus tout cela pesait, toujours plus épais, le nuage noir de la peur impuissante, du désespoir et de la résignation. Une prière ne cessait de lui monter aux lèvres: que tout soit d'un seul coup terminé, un grand néant sombre et indolore, ne plus rien sentir, ne plus devoir penser, que tout cesse, brusquement, comme lorsqu'on se réveille, libéré d'un mauvais rêve...

Soudain il s'arrêta.

Elle sursauta, effrayée. Ils se trouvaient devant la maison où il habitait. Pendant une minute, son cœur cessa de battre, il resta calme, complètement immobile. Puis il se mit à palpiter frénétiquement, furieusement, de plus en plus affolé, de plus en plus rapide.

Il lui dit quelques mots, des mots affectueux, câlins. Son amour pour lui fut sur le point de resurgir à cet instant, tellement il se montrait délicat et aimant. Mais, lorsqu'il étreignit plus fermement son bras et qu'il serra avec douceur, avec tendresse, son corps inerte, l'ancienne peur sourde réapparut, plus accablante et plus terrible que jamais. Elle avait l'impression que sa langue allait soudain se délier et qu'elle allait le supplier bruyamment, l'implorer de la libérer, mais aucun son ne sortit de sa gorge nouée. A moitié inconsciente, elle franchit à son bras la grande porte triste, et l'inéluctable de la situation remplissait son âme d'une souffrance trop profonde pour être encore ressentie comme telle.

Ils montèrent un escalier obscur en colimaçon. Elle sentait l'odeur de renfermé et l'air froid qui faisait trembler la lumière jaune des lampes à gaz. Elle était consciente de chaque marche, toutes ces images glissaient devant elle comme celles qui précèdent directement le sommeil, fugaces et pourtant nettes, pénétrantes mais promptes à se volatiliser aussitôt.

Ils se trouvaient maintenant dans un couloir, devant sa porte, elle le savait...

Il lâcha son bras et la précéda.

– Un instant, Erika, je vais juste éclairer.

Elle l'entendit parler de l'intérieur tandis qu'il allumait une lampe. Immédiatement elle émergea de son rêve et retrouva son énergie. La peur s'empara d'elle soudain, tel un frisson de fièvre, mettant un terme à sa torpeur nerveuse. Et, avec la rapidité de l'éclair, elle dévala l'escalier sans prêter attention aux marches dans sa folle précipitation. Vite, toujours plus vite. Il lui sembla encore entendre sa voix, en haut, mais elle ne voulait plus reprendre ses esprits; elle courait, elle courait, sans s'arrêter, droit devant elle. Elle se sentait gagnée par la panique à l'idée qu'il pourrait se lancer à sa poursuite et elle avait peur d'elle-même, elle avait peur de vouloir retourner auprès de lui. C'est seulement lorsqu'elle fut à plusieurs rues de distance, dans un quartier inconnu, qu'elle s'arrêta avec un profond soupir, pour prendre ensuite d'un pas lent la direction de son propre appartement.

Il est des heures vides, creuses, qui portent en elles le destin. Elles apparaissent comme des nuages sombres et indifférents qui approchent avant de se perdre à nouveau, mais elles demeurent, tenaces, opiniâtres. Puis elles se dissipent ainsi qu'une colonne de fumée noire, s'éloignent et prennent de l'ampleur, pour finalement revenir flotter, immobiles, au-dessus de la vie, masse d'un gris terne et mélancolique, ombre qui s'accroche inexorablement et jalousement à chaque minute et brandit sans cesse un poing menaçant.

Dans l'intimité obscure de sa chambre, Erika était allongée sur le canapé et elle pleurait, la tête enfouie dans les coussins. Elle ne trouvait pas de larmes, mais elle les sentait sourdre et s'écouler en elle, chaudes et accusatrices, et parfois son corps était secoué par un brusque sanglot. Elle était consciente que ces minutes douloureuses revêtaient pour elle une importance particulière, et que, à travers cette première grande déception, le chagrin imprégnait son âme qui s'ouvrait spontanément à lui. En réalité, la victoire qu'elle avait remportée en s'enfuyant au dernier moment, au moment décisif, faisait frémir son cœur, mais, au lieu de se transformer en une joie vive et exubérante, ce sentiment restait muet comme une douleur. Car chez certains êtres tous les grands événements et tous les faits saillants, s'ils provoquent un bouleversement général de l'âme, réveillent aussi une souffrance cachée et une mélancolie profonde, et cette corde sourde, quoique dominante, une fois touchée, se met à vibrer si fort et de façon si obsédante qu'elle réduit à néant toutes les autres sensations. Erika Ewald était une de ces natures. Elle pleurait son amour qui avait été jeune et beau comme un enfant folâtre que la vie engloutit. Et une honte brûlante la consumait, la honte de s'être enfuie ainsi qu'un être muet et sans défense, au lieu de se montrer franche et de lui parler, froidement et avec une âpre fierté à laquelle il aurait dû se soumettre. Elle pensait à lui et à son amour pour lui, emplie d'une douleur bienheureuse et d'une anxiété brûlante; et toutes les images revenaient en tourbillonnant, non plus claires et joyeuses, mais obscurcies par la mélancolie du souvenir.

Dehors, une porte s'ouvrit et se referma. Elle prit brusquement peur. Anxieusement, elle se mit à guetter le moindre bruit, cherchant à interpréter chaque son, en proie à une idée confuse qu'elle n'osait pas préciser.

A ce moment sa sœur entra.

Erika fut troublée. Elle s'étonna de n'avoir pas songé qu'il s'agissait tout simplement de sa sœur ; elle se rendit compte à nouveau, avec un sentiment singulier, à quel point tous ces gens avec lesquels elle vivait lui étaient étrangers, quelle distance énorme la séparait d'eux.

Sa sœur entreprit de l'interroger sur l'après-midi qu'elle avait passé. Erika répondit maladroitement, et, lorsqu'elle constata qu'elle manquait d'assurance, elle devint dure et injuste. Pourquoi l'importunait-on sans cesse avec des questions ? Elle ne se mêlait pourtant des affaires de personne. En outre, elle avait mal à la tête et voulait qu'on la laissât en paix.

Sa sœur sortit de la chambre sans dire un mot. Tout à coup, Erika sentit combien elle avait été injuste. Et elle éprouva de la pitié envers cet être paisible, résigné à son sort, qui ne vivait rien, qui ne demandait rien à la vie et qui n'en possédait rien, pas même, comme elle, une douleur riche et ennoblissante.

Cela la ramena à ses pensées. Celles-ci s'approchaient, et puis se perdaient dans les lointains, tels de lourds bateaux ailés de noir qui ont affronté les flots sombres sans aucun bruit, quasi inaperçus et sans laisser de sillage, envoyés et dirigés par des puissances inconnues et invisibles.

Mais l'âme d'Erika continuait à vibrer sous l'effet de cette tristesse qui, au terme de longues heures sombres et pesantes, se fondit dans une fatigue à laquelle elle s'abandonna sans résister.

Les jours suivants ne furent qu'expectative et angoisse. Erika attendait en secret une lettre, un signe tracé de sa main ; elle aurait même aimé qu'il lui écrive des lignes pleines de reproches, dures, impitoyables, des mots chargés de colère. Car elle souhaitait une conclusion, elle voulait qu'un trait soit tiré sur le passé pour l'empêcher de resurgir subrepticement dans les jours qu'elle vivrait désormais. Ou alors elle imaginait une lettre remplie de mots tendres, compréhensifs, qui iraient droit à son âme et la ramèneraient dans la ronde des heures heureuses qu'elle avait quittée.

Mais aucun message n'arriva, aucun signe ne vint chasser l'angoisse de cette incertitude. Car Erika était beaucoup trop sous l'emprise de ses sensations et de ses émotions pour savoir si son amour pour lui était encore vivant ou déjà mort, ou si, finalement, il était en train d'évoluer vers de nouvelles phases dont elle ignorait encore tout. Elle sentait seulement qu'elle était en proie à l'inquiétude, à la confusion, à une tension continuelle qui ne voulait pas se dissiper et la plongeait dans un état d'irritation extrême et dans une humeur noire. Les leçons qu'elle donnait, nerveuse, souffrant de maux de tête, lui pesaient plus que jamais parce qu'elle ressentait davantage fausses notes et dissonances. Chaque bruit l'irritait, le tumulte du monde extérieur lui était insupportable et même ses propres pensées ne se perdaient plus dans une rêverie douce et bienfaisante; elles devenaient incisives, coupantes. Elle croyait percevoir dans chaque chose une hostilité secrète et un acharnement à la blesser. Le monde entier autour d'elle ne lui apparaissait plus que comme une grande prison obscure recelant d'innombrables instruments de torture et dont les fenêtres ne laissaient plus passer la lumière.

Les journées lui étaient insupportablement longues, interminables. Assise près de la fenêtre, Erika attendait le soir qui, en adoucissant tous les contrastes, lui apportait un peu de paix. Lorsque le soleil commençait lentement à décliner derrière les toits, ne laissant plus derrière lui que des reflets de plus en plus faibles et de plus en plus sombres, elle retrouvait le calme et la sérénité. Elle sentait alors qu'elle était prête à connaître d'autres pensées, d'autres sensations, que de nouveaux événements et de nouveaux sentiments se tenaient à la porte de sa vie, et réclamaient bruyamment le droit d'y pénétrer. Mais elle n'y prêtait pas attention, car elle croyait que les émotions qui croissaient en elle n'étaient que les ultimes tressaillements de son amour à l'agonie...

Ainsi s'écoulèrent deux semaines, sans qu'Erika ait reçu la moindre nouvelle de lui. Tout semblait fini et oublié. Son affliction et son instabilité ne disparaissaient pas encore, mais elles se dépouillaient de leur caractère laid et exacerbé, et commençaient d'acquérir une expression épurée, transfigurée. Les sensations douloureuses se répandaient paisiblement dans des chansons tristes, des mélodies graves, pleines de retenue, en mineur, et dans des accords mélancoliques et plaintifs. Certains soirs, elle jouait ainsi, sans idée précise, s'écartant doucement du motif initial pour se livrer à des variations personnelles qui allaient s'affaiblissant à l'instar de son amour douloureux, prêt désormais à s'évanouir lentement dans le passé.

Elle recommença également à lire. Elle redevenait proche de ces livres merveilleux d'où se dégage une tristesse semblable au parfum lourd et enivrant exhalé par certaines fleurs étrangement sombres et mélancoliques. Elle retrouva Marie Grubbe et son amour fervent, sacré, détruit par la vie impitoyable, et la malheureuse Madame Bovary qui ne voulut pas se résigner et refusa un bonheur simple. Elle lut aussi le Journal émouvant et sublime de Marie Bashkirtseff qui n'avait jamais connu un grand amour bien qu'elle n'eût cessé de tendre les mains vers lui, de tout son cœur d'artiste, généreux et consumé de désir. Et son âme tourmentée s'abîmait dans cette souffrance étrangère pour perdre et pour oublier la sienne propre, mais parfois elle était prise d'un effroi mêlé de fierté; car ses yeux rencontraient des mots qui se rapportaient également à sa vie personnelle et dont elle comprenait le sens profond. Et Erika sentait maintenant que son histoire ne traduisait pas l'injustice et la malveillance de l'existence; au contraire, elle n'était douloureuse que parce qu'elle-même ne possédait pas un tempérament léger et rieur, prompt à oublier, qui franchit d'un pas dansant et joyeux les abîmes sombres et mystérieux de la souffrance. Seule sa solitude continuait de l'accabler. Elle n'était intime avec personne. Une étrange pudeur qui lui interdisait de révéler à quiconque ses pensées les plus profondes et les charmes cachés de sa personnalité l'avait toujours empêchée d'avoir des amies; et il lui manquait aussi la foi sereine des personnes pieuses qui s'adressent à un dieu et lui confessent leurs secrets les mieux enfouis. La souffrance ne quittait son âme que pour y revenir et, à force de se confier sans cesse à elle-même et de s'analyser, elle finissait par sombrer dans une fatigue pesante et dans une indolence sans espoir, ne cherchant plus à lutter contre le sort et ses puissances mystérieuses.

Il lui venait à l'esprit de curieuses pensées lorsque de la fenêtre elle regardait la rue. Elle voyait des gens s'agiter, des couples d'amoureux marcher, absorbés dans leur bonheur, et aussi des coursiers qui se hâtaient, des cyclistes qui passaient comme des flèches, des voitures dont les roues vibraient sous l'effet de la vitesse, autant d'images de la banalité du jour. Mais tout cela lui était parfaitement étranger. Il lui semblait assister à ce spectacle de loin, d'un autre monde, comme si elle ne pouvait pas comprendre pourquoi ces êtres se pressaient, se précipitaient de la sorte, alors que tous les buts étaient si petits et si méprisables. Comme s'il pouvait exister quelque chose de plus riche et de plus heureux que la grande paix dans le sein de laquelle dorment toutes les passions et toutes les envies, et qui est semblable à une source miraculeuse dont les eaux douces et pleines d'une force secrète permettent à toute maladie et à toute laideur de se détacher, telle une couche importune. Et à quoi bon alors toutes les luttes, tous les efforts? A quoi bon les désirs brûlants et inlassables devant lesquels on ne peut reculer?

Ainsi songeait parfois Erika Ewald tout en posant sur la vie un regard amusé. Car elle ne savait pas que la foi en cette grande paix n'est elle aussi qu'une nostalgie, qu'elle n'est que le désir le plus ardent, le plus constant, qui nous empêche de parvenir à nous-mêmes. Elle croyait avoir vaincu son amour et elle y pensait ainsi qu'on évoque la mémoire d'un mort. Ses souvenirs se paraient de teintes suaves, apaisantes, des épisodes oubliés resurgissaient et entre la réalité et ses douces rêveries se tissaient des fils secrets qui finirent par s'emmêler de façon inextricable. Car elle rêvait de ce qu'elle avait vécu comme d'un beau et étrange roman, lu il y a longtemps; les personnages réapparaissent lentement et prononcent des paroles connues, et pourtant très lointaines, tous les lieux redeviennent visibles, comme illuminés par un éclair soudain, tout redevient comme autrefois. Et Erika dont les pensées s'enivraient le soir venu imaginait sans cesse de nouvelles conclusions, mais aucune ne la satisfaisait. Elle voulait en effet une fin douce, sous le signe de la réconciliation, pleine de noblesse et d'une mûre renonciation: ils se tendraient la main en amis, sans passion, dans une profonde compréhension réciproque. Petit à petit, sous l'influence de ces songes romantiques elle se prit à croire intimement que lui aussi l'attendait maintenant en évoquant son souvenir, en proie à mille tourments bienheureux; et cette idée qui se transformait peu à peu pour elle en fait irréductible la portait à espérer avec une confiance toujours accrue que tout allait s'arranger et que la mélodie singulièrement tourmentée de son amour se résoudrait en consonances harmonieuses, apaisantes.

Au terme de longues, longues journées, un sourire se risquait parfois sur ses lèvres lorsqu'elle évoquait son amour, dont toutes les blessures cuisantes étaient désormais prêtes à se cicatriser. Car elle ne savait pas encore qu'une douleur profonde ressemble à un sombre torrent de montagne qui creuse son chemin sous la terre à travers les roches, dans un silence agité, et frappe longtemps, pris d'une colère impuissante, à des portes jamais ouvertes. Mais un beau jour il brise la paroi et, dans une jubilation effrénée, débordant d'une violence destructrice, il envahit les vallées prospères qui reposaient dans une sérénité inconsciente et confiante...

Tout allait prendre une autre tournure que dans les rêves d'Erika. L'amour réapparut dans sa vie, mais il avait changé. Il ne s'approchait plus d'un pas tranquille, comme une jeune fille, chargé de tendres présents et de bénédictions, mais comme un orage printanier, comme une femme enflammée de désir, aux lèvres ardentes, et qui porte dans sa chevelure sombre la rose écarlate de la passion. Car la sensualité des hommes n'est pas pareille à celle des femmes; chez ceux-ci, elle brûle dès le début, dès les premières années de la maturité, tandis que chez plus d'une jeune fille elle se manifeste d'abord sous des milliers de voiles et de formes. Elle s'insinue sous l'aspect de l'exaltation, d'une bienheureuse rêverie, de la coquetterie et de la jouissance esthétique; puis vient le jour où elle jette tous les masques, déchire les enveloppes qui la recouvraient.

Un jour, tout était devenu clair aux yeux d'Erika. Aucun événement marquant ne l'avait contrainte à cette prise de conscience, ni aucun hasard. Peut-être avait-elle fait un rêve plein de tentations troublantes, ou lu un livre d'où émanait une force de séduction secrète, peut-être avait-elle soudain compris une mélodie lointaine ou rencontré des inconnus rayonnant de bonheur – cela restait obscur pour elle. Elle savait simplement que, soudain, elle aspirait de nouveau à être auprès de lui ; mais ce qu'elle désirait, ce n'étaient pas ses paroles tendres, leurs moments de silence, c'étaient ses bras vigoureux et ses lèvres chaudes dont elle avait naguère senti le contact brûlant sur les siennes, sans en comprendre la prière muette. Sa pudeur virginale se livrait à de vains efforts pour refuser cette réalité. Elle cherchait à se remémorer les premiers temps de leur relation qui jamais n'avaient été agités par le moindre souffle d'une sensualité étouffante, elle essayait de se faire accroire que cet amour était depuis longtemps mort et enterré, en évoquant le soir où, mue par un profond dégoût, elle s'était enfuie de chez lui. Mais venaient ensuite des nuits où elle sentait son sang brûler d'un désir ardent et où elle devait enfoncer ses lèvres dans la fraîcheur des oreillers pour s'empêcher de gémir et de crier son nom dans la nuit muette et impitoyable. Et elle se rendait compte alors en frémissant qu'il lui était impossible de se voiler la face plus longtemps.

Elle savait aussi, à présent, que les émotions sourdes qu'elle avait éprouvées au cours de ces derniers jours n'avaient pas signifié le dépérissement de son bel amour radieux ; c'était au contraire la lente éclosion de ces puissances impérieuses qui dévoraient à présent son âme. Et, pénétrée d'une crainte singulière, elle pensait à cette inclination si simple et si banale, et qui pourtant n'avait cessé d'engendrer de nouvelles souffrances, enfants hostiles d'un obscur destin. Dans cette passion, survenue comme un automne tardif qui déverse ses fruits sur les champs vides et frissonnants, s'unissaient la force de la pureté et la plénitude des journées de sa jeunesse qu'avaient épargnées les assauts des sens. Il y avait là une violence triomphante à laquelle il était impossible de résister parce qu'elle faisait fi de toutes les barrières et anéantissait toute réflexion.

Erika ne pressentait pas encore à quel point elle était faible face à cette brusque passion. Elle sentait simplement que s'imposait en elle le besoin de le revoir, ne fût-ce que de loin, de très loin, sans être remarquée, sans qu'il puisse même deviner qu'elle le voyait et qu'elle l'appelait de toutes ses forces. Elle ressortit d'un tiroir caché sa photographie voilée par une mince pellicule de poussière et elle l'entoura d'une vénération singulière. Elle couvrait sa bouche de baisers brûlants et passionnés, puis elle reposait la photographie devant elle et se mettait à prononcer avec véhémence des paroles confuses qu'elle aurait voulu lui adresser pour de bon; elle lui demandait de lui pardonner son comportement puéril et timoré d'alors. Puis ses phrases se précipitaient, et elle lui parlait de son désir, elle lui disait qu'elle l'aimait à nouveau d'un amour infini, plus qu'il ne serait jamais capable de le comprendre. Pourtant toutes ces extases ne la satisfaisaient pas, car elle voulait le revoir en personne. Pendant plusieurs jours, elle attendit au coin des rues où il avait coutume de passer, mais en vain. Son impatience s'accrut au point que parfois elle envisageait, de façon très timide et vague il est vrai, de se rendre chez lui et de s'excuser pour sa conduite. C'est alors qu'elle découvrit dans le journal du jour un avis annonçant qu'il devait donner prochainement un récital. Cette nouvelle remplit Erika d'une bienheureuse ivresse; c'était là en effet l'occasion la plus opportune de le voir sans qu'il s'en doute. Et les journées s'écoulèrent avec lenteur, une terrible lenteur, jusqu'à la soirée si ardemment désirée.

Erika fut une des premières dans la grande salle de concert scintillant de mille feux. Dès l'aube, elle avait été tirée du sommeil par l'idée que c'était aujourd'hui le grand jour, et elle avait été agitée et dévorée d'une impatience qui rendait les minutes aussi longues que des heures. Ensuite elle avait donné ses leçons comme dans un rêve, bien que les diverses exigences de sa profession l'aient sans cesse arrachée à ses méditations et à sa paisible nostalgie. Et, lorsque le soir arriva, elle prit ses plus beaux vêtements et les revêtit avec un soin solennel que seules connaissent les femmes qui attendent le regard de l'homme aimé. Elle se mit en route une heure trop tôt pour la salle de concert. Elle avait bien prévu au départ une promenade, pour reposer un peu ses nerfs qui lui semblaient très excités, mais à peine fut-elle dans la rue qu'elle se sentit comme magnétisée, poussée dans une direction précise par une puissance obscure. Ses pas, initialement mesurés, devinrent plus fébriles et plus rapides. Et tout à coup elle se trouva, presque surprise elle-même, devant les larges marches du théâtre, et elle eut honte de sa nervosité. L'esprit vide, elle fit quelque temps encore les cent pas. Et, lorsque les premières voitures arrivèrent tranquillement, elle cessa de chercher à se maîtriser et pénétra d'un air résolu dans la salle que l'on venait d'illuminer.

Le silence profond de la salle vide, qui prêtait à une rêverie inquiète, ne dura pas longtemps. La foule se pressait, de plus en plus dense. Erika ne voyait pas des individus, elle percevait seulement la masse qui s'engouffrait, elle sentait défiler devant ses yeux les toilettes des femmes, ruban chamarré, elle sentait les gens qui se bousculaient, les visages toujours changeants, qui évoquaient pour elle des masques. Tout en elle n'était qu'inquiétude et attente. Son esprit n'était occupé que par un seul mot, un seul nom, un seul désir.

Et puis, soudain, le murmure et l'agitation s'amplifièrent, ce fut l'effervescence qui précède le silence, le claquement des jumelles de théâtre que l'on ouvre et des lorgnons que l'on déplie, les mouvements confus de la foule; enfin tous ces bruits divers se fondirent en un tonnerre d'applaudissements. Elle sentit qu'il était entré, qu'il venait d'entrer. Et elle ferma les yeux. Elle se savait trop faible pour le regarder sans rien dire en cette minute de gloire. Elle n'aurait pu s'empêcher de hurler de joie ou de l'appeler, de bondir ou de lui faire des signes, d'accomplir en tout cas quelque chose de fou, d'irréfléchi, de ridicule. Elle sentait que son cœur battait à tout rompre. Elle attendait. Elle attendait et elle voyait tout, les yeux fermés: il montait sur la scène, s'inclinait, et maintenant – oui, ce devait être maintenant – il prenait son archet. Elle resta ainsi jusqu'au moment où les premiers sons s'élevèrent en chantant de son violon, pareils à des alouettes qui s'élancent lentement vers le ciel, au-dessus des champs, en poussant des cris d'allégresse.

Elle leva alors les yeux, doucement, très prudemment, ainsi qu'on le fait dans une lumière trop vive, aveuglante. Et, en le voyant, elle sentit une vague de sang chaud déferler en elle, pour ainsi dire entraînée par cette mer sombre et silencieuse sur laquelle frissonnaient comme des crêtes d'écume les jumelles étincelantes et les regards scrutateurs. Elle reconnut son jeu, elle retrouva toute la force magique d'autrefois. Et, à mesure que les sons croissaient et s'amplifiaient, son cœur se remplissait. Elle avait envie de rire et de pleurer, des ondes chaudes et frissonnantes d'émotion la submergeaient. Elle éprouvait une jubilation intense, comme si des milliers de jets d'eau illuminés par le soleil jaillissaient, exultants, dans son cœur, et bouillonnaient jusque dans sa gorge. Elle se laissait à nouveau séduire par l'ambiance de la musique, semblable à une aveugle qui ne sait où aller et se confie docilement à la main amicale d'un étranger. Et, lorsque l'enthousiasme se déchaîna dans la salle, que cette mer sombre qui semblait reposer dans un sommeil enchanté se mit soudain à écumer sous l'effet d'un violent ressac, lorsque de tous côtés retentit un tonnerre d'applaudissements, elle fut envahie par un sentiment d'orgueil. Son âme exultait à la pensée qu'il l'avait désirée. Toute la laideur et l'amertume des minutes passées s'étaient évanouies dans ce sentiment de fierté, en cet instant où triomphait l'artiste.

Ainsi cette soirée se transforma pour son âme avide et inquiète en une fête pure et intense. Une seule question la tourmentait. Ne l'avait-il pas oubliée? A cette heure elle n'était plus qu'humilité, elle n'était plus qu'une femme dévorée par le seul désir de s'offrir. Elle ne pensait plus à elle-même, mais seulement à lui, elle ne percevait plus dans son jeu envoûtant des sons et des mélodies, mais le désir et la ferveur qu'il y exprimait.

C'est alors qu'une réponse étrange et exaltante lui parvint. Après de longues salves d'applaudissements, il s'était décidé à jouer un dernier morceau. Dès les premières mesures, simples, lentes, Erika pâlit. Elle écoutait, elle écoutait, comme sous le charme. Remplie d'effroi, elle avait reconnu la chanson, la chanson qu'il avait, au cours de cette première soirée étrange, balbutiée pour elle dans la pénombre. Et elle imagina que c'était un hommage. Elle sentit que cette chanson lui était destinée, qu'elle s'élevait vers elle. Elle ne l'entendit que comme une question qui la recherchait à travers toute la salle, elle vit l'âme de la chanson qui survolait l'obscurité de la salle pour la trouver. Sous l'effet de cette prompte certitude, elle se laissa bercer par des rêves bienheureux. Elle comprenait que c'était là un aveu, qu'il pensait à elle, qu'il ne pensait plus qu'à elle. Et elle fut submergée de bonheur. C'était à nouveau la musique qui l'envoûtait et qui la portait audelà de toutes les réalités. Elle sentait qu'elle s'envolait, qu'elle quittait la terre, les hommes. Presque comme naguère, lorsqu'ils s'étaient trouvés ensemble, dominant le bruissement lointain de la ville. Mais encore plus haut, beaucoup plus haut au-dessus du destin et du monde, au-dessus de toutes les mesquineries, de tous les doutes. En l'espace de ces quelques minutes, elle survola dans une rêverie béate toutes les barrières et toutes les réalités.

Seuls les transports d'allégresse inouïs qui suivirent l'exécution de ce morceau arrachèrent Erika à cet univers irréel. En toute hâte, elle se précipita vers la sortie pour l'attendre. Car elle connaissait maintenant la réponse claire et radieuse à la dernière question qui l'avait tourmentée et l'avait retenue de s'offrir à lui – il lui était désormais évident qu'il l'aimait encore, plus ardemment qu'autrefois, d'un amour beaucoup plus beau, plus sauvage et plus grand. Sinon il n'aurait pas chanté devant tous ces gens l'hymne lumineux inspiré par leur amour, qu'il avait composé pour la célébrer, ce chant merveilleux à la force duquel elle avait alors succombé sans s'en douter. Mais aujourd'hui elle voulait déposer à ses pieds les fruits jalousement gardés de son offrande afin que grâce à lui elle atteigne la béatitude...

Elle se fraya avec peine un chemin jusqu'à la sortie que les artistes avaient coutume d'emprunter. L'obscurité n'était traversée que par quelques faibles lumières; ici, il n'y avait pas de gens pressés, et il lui fut possible de s'abandonner de nouveau tranquillement à ses rêveries, de se laisser bercer dans une bienheureuse assurance. Elle aurait pourtant dû savoir depuis longtemps, bien longtemps, qu'il ne pourrait pas l'oublier – cette pensée revenait sans cesse et s'associait à la promesse de jours heureux à venir. Avec un sourire exubérant, elle pensait à sa surprise lorsque, descendant l'escalier sans se douter de rien, il verrait soudain réalisé le souhait qu'en rêve il venait peut-être de former à l'instant. Et lorsque...

Mais à ce moment-là des pas se mirent à résonner effectivement, de plus en plus fort, de plus en plus proches. Machinalement, Erika se retira davantage dans l'obscurité.

Il descendait l'escalier en devisant gaiement, tendrement penché sur l'épaule d'une dame à la robe garnie de dentelles. C'était une petite chanteuse de l'opéra, qui fredonnait un quelconque vieil air d'opérette. Erika tressaillit. Alors il l'aperçut. D'instinct, il esquissa le geste de se découvrir, mais laissa retomber paresseusement sa main. Un sourire méchant, offensé et moqueur parut se profiler sur ses lèvres, et il détourna la tête. Il conduisit la jeune personne en robe de dentelle à sa voiture, l'aida à y monter, et s'installa lui-même à l'intérieur, sans se retourner, sans un regard pour Erika Ewald, seule, là-bas, avec son amour trahi.

De telles expériences éveillent souvent par leur violence subite une souffrance si terrible et si pénétrante qu'elle n'est plus ressentie comme telle, parce que, sous l'impétuosité du choc, on perd la faculté de comprendre et d'éprouver consciemment. On se sent simplement tomber, sombrer du haut de sommets vertigineux, le souffle court, sans volonté et sans résistance, dans un abîme encore inconnu, mais pressenti ; on devine qu'à chaque seconde, à chaque fraction de seconde qui se perd dans une chute tourbillonnante, on se rapproche de plus en plus de cette fin terrible que l'on sait foudroyante et dévastatrice.

Erika Ewald avait déjà dû supporter trop de petites souffrances pour pouvoir affronter calmement un grand événement. Sa vie avait été remplie par ces petites douleurs qui portent en elles un étrange sentiment de félicité, parce qu'elles engendrent des heures de mélancolie rêveuse, un léger abattement et ces tristesses douces qui inspirent aux poètes leurs vers les plus profonds et les plus désabusés. Dans ces moments-là, elle avait déjà cru ressentir la griffe puissante du destin, et pourtant ce n'était que l'ombre fugitive de sa main menaçante. Elle estimait avoir déjà subi la violence aveugle de la vie et elle avait fondé sur cette certitude sa force et son assurance, qui venaient de se fracasser sous le poids de la réalité, comme un jouet d'enfant entre des mains trop puissantes.

Ainsi s'émietta tout ce qui faisait la vigueur de son âme. La vie s'abattit sur elle ainsi qu'une giboulée de grêle qui détruit semences et fleurs. Elle ne voyait plus devant elle que vide et ténèbres, des ténèbres profondes et impénétrables qui cachaient tous les chemins, aveuglaient tous les regards et engloutissaient sans pitié les cris retentissants de détresse. Il n'y avait plus en elle que du silence, un silence morne, absolu, le calme de la mort. Car, en l'espace d'un seul instant, beaucoup de choses s'étaient éteintes en elle. Un rire gai et clair qui n'était pas encore né, mais qui voulait pénétrer dans sa vie, comme un enfant aspire à voir le jour. Et puis, une partie importante de sa jeunesse, ce désir intense de recevoir, qui fait confiance à l'avenir et pressent la joie et la splendeur derrière toutes les portes fermées que son désir devra faire s'ouvrir. Et une part importante de sa pureté et de sa confiance dans le monde, son abandon à tous les hommes et à la grande nature qui ne dévoile ses fêtes et ses merveilles qu'à ses disciples fidèles. Et enfin un amour qui avait été d'une richesse infinie parce qu'il avait plongé aux sources ténébreuses de la douleur et qu'il avait revêtu des formes changeantes afin d'accéder à la perfection.

Mais cette déception était également porteuse d'un germe nouveau: une haine pleine d'amertume envers tout ce qui l'entourait et une soif ardente de vengeance qui ne savait pas encore comment s'exprimer. Le rouge de l'humiliation brûlait sur ses joues et ses mains tremblaient, comme si elles allaient à tout moment se déchaîner brutalement contre quelque chose. Il n'y avait plus en elle ni faiblesse ni pudeur, elle ressentait un besoin d'agir impérieux, de plus en plus net et de plus en plus inquiet; un être qui s'était toujours laissé modeler et diriger par le destin voulait désormais le braver et lutter contre lui.

Poussée par cet esprit de rébellion sans but, elle se mit à errer dans les rues, indécise. La réalité était loin, très loin. Elle ne savait pas où elle allait; ses pieds, malgré une fatigue de plomb, étaient mus par une agitation folle qui l'entraînait en avant. Elle s'enveloppait de plus en plus dans ses pensées pour chasser la douleur prête à se réveiller, et pour l'oublier dans sa marche rapide. Elle sentait pourtant le poids de larmes, qui ne parvenaient pas encore à jaillir mais qui brûlaient et coulaient à l'intérieur d'elle...

Soudain elle se trouva devant un pont. En bas le fleuve glissait lentement, noir, scintillant de multiples points clairs. C'étaient des étoiles et le reflet des lanternes qui semblaient autant d'yeux écarquillés vers le ciel. Et, quelque part, un léger clapotis incessant, le courant qui se brise sur un pilier.

Ce spectacle contenait l'idée de la mort, elle le sentait. Son corps fut parcouru d'un frisson. Elle se retourna. Il n'y avait personne dans les environs immédiats, çà et là des ombres noires qui passaient furtivement. Quelquefois un rire au loin ou le roulement d'une voiture. Mais, à proximité, personne, pas un être susceptible de la retenir. Comme c'était simple et rapide; on saisissait le parapet, on s'élançait par-dessus, puis encore quelques minutes d'une lutte atroce en bas, tout en bas, dans cette obscurité silencieuse, et puis la paix... une paix profonde, éternelle, loin de toutes les réalités, la pensée consolante que jamais plus on ne se réveillerait...

Mais aussitôt après, une autre image! Un cadavre défiguré que l'on retire de l'eau, des curieux qui viennent se divertir, des bavardages, des commérages – qu'importe, cela ne faisait plus mal! Mais il y en avait un qui pourrait l'apprendre et qui sourirait peut-être, satisfait de lui, avec la prétention d'un vainqueur... Non – il n'en était pas question! Il lui restait la vengeance, cette ultime tentative inspirée par le désespoir: elle le sentait, elle n'avait pas tout épuisé de la vie. Peut-être même que la vie était belle, et que c'était elle qui n'avait pas vécu comme il le fallait; elle avait été bonne et confiante, douce et réservée, alors qu'on devait se montrer brutal, avide et sournois comme une bête de proie qui se nourrit de la vie des autres.

Un rire s'échappa de sa poitrine, tandis qu'elle se détournait du pont, un rire qui l'épouvanta. Car elle sentait qu'elle ne croyait pas elle-même à ces paroles non exprimées. Seule sa douleur était vraie, ainsi que sa haine brûlante, ardente, et sa soif aveugle de vengeance. Comme elle était devenue étrangère à elle-même, au point de ne plus se reconnaître, comme elle était mauvaise, comme elle était vile, à présent!

Elle frissonna. Elle ne voulait plus penser à rien. Elle s'enfonça à nouveau dans la ville... Aller n'importe où... chez elle... Non – pas chez elle! Cette pensée la remplit de crainte. Là-bas tout était si sombre, si étroit et si morne, là-bas il y avait dans tous les coins des souvenirs qui la guettaient en pointant méchamment leurs doigts sur elle, là-bas elle était toute seule avec sa grande souffrance qui pouvait l'envelopper de ses ailes noires déployées et l'étreindre fort, très fort, à lui en faire perdre le souffle.

Mais où aller? Où? Cette question mettait son esprit à la torture. Elle était incapable de songer à autre chose, toutes ses réflexions convergeaient vers ce seul mot.

Une ombre marchait à son côté.

Elle n'y prêta pas attention.

Elle ne remarqua pas non plus que cette ombre se penchait tout contre la sienne et que pendant quelque temps elles marchèrent toutes deux parallèles. Il y avait quelqu'un à côté d'elle. Un engagé volontaire. Il regarda son visage avec insistance au moment où ils passèrent sous une lanterne. C'est seulement lorsqu'il lui adressa poliment la parole qu'elle fut brusquement arrachée à ses pensées. Il lui fallut quelques instants pour comprendre véritablement la situation dans laquelle elle se trouvait, et elle ne répondit pas.

Le volontaire – un cavalier –, très jeune encore, et un peu gauche, ne se laissa pas intimider par son silence; il continua au contraire à parler, sur un ton légèrement familier, mais avec une certaine réserve. Manifestement il ne parvenait pas à savoir à qui il avait affaire; elle ne lui avait pas répondu, et elle était vêtue de façon si distinguée – si sage. Mais d'autre part elle se promenait d'un pas lent, toute seule, tard dans la nuit – il n'arrivait pas à se faire une idée bien précise. Mais il continuait à parler sans s'en préoccuper davantage.

Erika se taisait. D'instinct, elle avait voulu le repousser, mais tout ce qui s'était passé précédemment lui avait inspiré des pensées étranges. Ne voulait-elle pas commencer désormais une autre vie, quitter cet état de somnolence rêveuse, ces vaines aspirations qui avaient été source de souffrances infinies? Oui, une nouvelle vie devait commencer pour elle, brûlante d'audace et pleine d'une violence sauvage. Et puis elle songea de nouveau à lui – elle voulait se venger, le bafouer, l'humilier. Elle se donnerait au premier venu; parce qu'il l'avait dédaignée, elle allait boire la honte jusqu'à la lie, quitte à en mourir. Ce projet, cette décision prirent rapidement forme dans sa tête; elle allait s'infliger une torture cruelle en choisissant une nouvelle humiliation pour oublier l'ancienne, brûlante encore... Et l'occasion se présentait à point nommé... un jeune homme, tout jeune, qui ne comprenait rien à tout cela, qui ne savait rien, ce serait lui, le premier venu...

Et soudain elle lui donna avec tant d'amabilité la permission de l'accompagner qu'il fut presque repris de doutes au sujet de la personne à qui il avait affaire. Mais quelques questions, les jumelles qu'elle rapportait du concert et la distinction de ses manières l'incitèrent à ne pas se montrer trop léger. Il se sentait fort embarrassé. En réalité c'était encore à moitié un enfant qui, dans son uniforme, paraissait plutôt déguisé en guerrier; et ses aventures précédentes avaient été si simples qu'elles ne méritaient pas le nom d'aventures. Pour la première fois, il se voyait confronté à une véritable énigme. Car il arrivait à Erika Ewald de rester silencieuse et immobile pendant plusieurs minutes, de n'entendre aucune question et de marcher comme en rêve; puis soudain, comme si elle se rappelait un devoir de tendresse, elle riait et plaisantait avec lui. Mais parfois il avait lui-même l'impression que quelque chose sonnait faux dans ce rire.

Et en effet il n'était pas si aisé pour Erika de jouer la femme facile et frivole, tandis que les idées les plus folles bourdonnaient dans sa tête. Elle connaissait l'issue, et elle la voulait, mais elle était hantée par la peur secrète de commettre un sacrilège envers sa propre personne. Toutefois le besoin de vengeance, qui ne pouvait pas s'exprimer de façon directe, avait trouvé ici un moyen de se déployer; et, même si c'était dans une fausse direction, puisque la flèche se retournait contre elle, il était si puissant et si débordant que toute sa révolte de femme était vaine. Quoi qu'il advienne, le remords dût-il la poursuivre... surtout chasser de son esprit cette humiliation... oublier, même sous l'effet d'une ivresse artificielle et destructrice, mais surtout ne plus devoir penser à cela...

Aussi accepta-t-elle volontiers la proposition du jeune soldat de l'accompagner dans un restaurant où ils occuperaient un cabinet particulier, bien qu'elle pressentît au fond d'elle-même ce que cela signifiait. Mais elle ne voulait pas y penser... surtout ne pas toujours devoir réfléchir...

Il y eut d'abord un petit souper, auquel elle ne fit pas honneur. En revanche, elle buvait du vin, avec avidité, hâtivement, un verre après l'autre, pour s'étourdir. Elle n'y parvenait pas encore tout à fait. Par moments, elle embrassait la situation tout entière avec une lucidité effrayante. Elle observait son vis-à-vis. C'était en fait exactement ce qu'il lui fallait, elle n'aurait pas pu souhaiter mieux: un brave garçon, vigoureux, sain, aux joues bien rouges, un peu vaniteux et pas trop intelligent... il ne devinerait jamais ce qui s'était passé au cours de cette nuit, quel rôle il avait joué dans la vie malheureuse d'un être torturé... il l'aurait oubliée après-demain. Et c'était ce qu'elle voulait...

Lorsqu'elle était ainsi plongée dans ses réflexions, ses yeux prenaient une expression rêveuse et sur son visage se dessinait l'ombre d'une douleur intérieure. Puis elle s'enfonçait petit à petit dans la rêverie... ses doigts tremblaient légèrement... elle oubliait tout et les images lointaines, enfouies, étaient prêtes à resurgir lentement, très lentement...

Puis soudain un mot, un geste de sa part la réveillaient. Il lui fallait toujours une seconde avant de retrouver la réalité, mais alors elle saisissait un nouveau verre de vin et le vidait d'un trait. Et puis un autre, et encore un autre jusqu'à ce qu'elle sente son bras retomber lourdement...

Entre-temps, le soldat s'était assis à son côté, presque serré contre elle. Elle en était encore consciente, mais continuait tranquillement à plaisanter...

Peu à peu, cependant, elle commença de ressentir l'effet du vin. Son regard se troubla; tout lui apparaissait comme à travers un épais voile de brume; et les mots tendres et éloquents qu'elle percevait semblaient lui parvenir de loin, de très loin, complètement confus, déjà évanouis. Elle se mit à balbutier, et elle remarqua qu'en dépit de tous ses efforts ses pensées s'embrouillaient et des étincelles jaillissaient devant ses yeux, tout bourdonnait, sans qu'elle pût se défendre. Mais en même temps que cette fatigue dont l'étreinte se faisait de plus en plus douce réapparut sa tristesse; c'était à la fois la mélancolie bégayante et sans motif des personnes ivres, et la douleur qui pendant toute la soirée avait dévoré sa poitrine sans parvenir à s'exprimer. Elle était perdue dans sa souffrance, insensible, indifférente au monde extérieur, sourde à toutes les paroles et aux caresses les plus délicates.

Le jeune homme ne comprenait pas vraiment son comportement, et il se demanda soudain ce qu'il allait faire d'elle. Il voyait qu'elle était ivre; et il voulait l'amener à se réveiller parce qu'il avait honte de profiter de son ivresse. Cependant ni les exhortations ni les baisers câlins ne parvenaient à la tirer de son apathie. Il l'éventa. Mais lorsqu'il tenta de dégrafer sa robe, il se produisit quelque chose d'inattendu qui l'épouvanta.

Car, à l'instant où il l'enlaça, elle se jeta soudain contre lui et se mit à pleurer d'une façon terrifiante. C'étaient des sanglots pleins d'un effroi et d'une souffrance infinis, et non le larmoiement mélancolique d'un ivrogne; il y avait dans ses pleurs une violence élémentaire. On eût dit un animal féroce, enchaîné pendant des années dans une cage et qui, tout à coup, tord sauvagement les barreaux; c'était toute la profondeur de sa douleur sacrée dont elle venait de prendre obscurément conscience, et qui se libérait maintenant dans ces frissons qui la secouaient. Les sanglots d'Erika venaient du plus profond de sa poitrine, et il semblait que tout irait mieux, tout, maintenant que le poids brûlant des larmes ainsi que le fardeau des émotions longtemps contenues se détachaient d'elle, comme dans une bourrasque.

Elle pleurait de façon ininterrompue, son corps abandonné contre le sien était parcouru de soubresauts, mais les sources brûlantes de ses yeux paraissaient intarissables; on aurait dit qu'elles balayaient toute la souffrance amère qui s'était déposée lentement, comme des cristaux qui deviennent toujours plus gros, plus durs, et ne veulent pas fondre. Ce n'étaient pas ses yeux qui pleuraient, c'était tout son corps mince et souple qui tremblait sous la violence des secousses, en même temps que son cœur.

Le jeune homme était désemparé face à cette explosion brusque et navrante. Il cherchait à la calmer, caressait d'une main douce et tendre ses tresses sombres; mais, voyant que son état de tension s'aggravait encore, il fut pris d'un sentiment étrange de pitié affectueuse. Il n'avait jamais entendu pleurer de la sorte, et cette souffrance inouïe, dont il ne savait rien, mais dont il ne pouvait manquer d'entrevoir l'immensité, lui inspirait une peur pleine de respect envers cette femme qui reposait, inerte, dans ses bras. Il sentait que ce serait un crime de toucher à son corps, trop faible pour opposer la moindre résistance. Peu à peu il prit également conscience de la noblesse de sa conduite, et la joie enfantine que lui inspirait cette expérience étrange renforça encore sa volonté. Il fit appeler une voiture et, après qu'elle lui eut indiqué son adresse, il l'accompagna jusque chez elle où il la quitta sur des paroles amicales et apaisantes.

Lorsque Erika se retrouva dans sa chambre, son ivresse s'était complètement dissipée. Seuls les événements des dernières heures demeuraient imprécis et flous dans son esprit, mais elle y repensait sans crainte, sans inquiétude, pleine d'un calme serein. Ces larmes brûlantes avaient contenu toute la douleur de sa jeune âme: un grand amour oppressant, l'outrage cuisant et brutal qu'elle avait subi et la dernière humiliation, évitée de justesse.

Elle se dévêtit avec lenteur.

Tout s'était déroulé selon l'ordre des choses; car il y a des êtres qui ne sont pas nés pour l'amour, qui ne connaissent que les frissons sacrés de l'attente, trop faibles qu'ils sont pour supporter les félicités douloureuses de l'accomplissement.

Erika méditait sur sa vie. Elle savait maintenant que l'amour ne viendrait plus à elle et qu'elle ne pourrait pas aller au-devant de lui; pour la dernière fois, elle allait connaître l'amertume de la renonciation.

Elle hésita encore un instant, en proie à une pudeur secrète et incompréhensible; puis elle se défit de ses derniers vêtements devant le miroir.

Elle était encore jeune et belle. Son corps d'albâtre avait gardé la fraîcheur rayonnante de l'adolescence; sa poitrine aux rondeurs douces, presque candides, frémissait, elle se soulevait et s'abaissait, secouée par une agitation intérieure, et dessinait un mouvement harmonieux. La force et la souplesse irradiaient de ses membres, tout en elle était fait pour recevoir pleinement l'amour et pour le nourrir, pour donner la félicité et pour l'obtenir tour à tour, pour se consacrer au but le plus sacré qui soit et vivre dans son sein le miracle radieux de la création. Et tout cela était voué à disparaître, inutilisé et infécond, comme la beauté d'une fleur que le vent emporte, comme un grain de blé stérile dans les moissons infinies de l'humanité!

Elle se sentit envahie par une douce résignation, cette quiétude qui est la noblesse de ceux qui ont touché le fond de la souffrance. Et même la pensée que la splendeur de sa jeunesse avait été destinée à un être, à un seul, qui l'avait désirée et méprisée, même cette ultime épreuve si douloureuse n'éveillait plus en elle nulle rancune. Mélancolique, elle éteignit la lampe; elle n'aspirait plus qu'à se réfugier dans le bonheur tranquille de rêves suaves.

La vie d'Erika Ewald s'était inscrite dans le cadre de ces quelques semaines. Elle ne vécut désormais rien d'autre et les nombreux jours qui suivirent passèrent, indifférents, comme étrangers. Son père mourut, sa sœur épousa un employé, parents et amis connaissaient le bonheur, le malheur, mais elle avait chassé le destin de son existence solitaire. La vie et ses orages n'avaient plus de prise sur elle. Elle avait désormais conscience de cette réalité profonde: la grande paix sacrée pour laquelle elle avait lutté ne peut s'obtenir qu'à l'issue d'une douleur intense et purificatrice, le bonheur n'existe pas pour celui qui n'a pas parcouru le chemin de la souffrance. Mais cette sagesse qu'elle avait arrachée à la vie porta aussi ses fruits; le don d'amour qu'elle avait en elle et qui avait jadis soumis son être à de violentes convulsions l'attirait maintenant vers les enfants à qui elle enseignait la musique, et elle leur parlait du destin et de sa malignité comme d'un individu dont il faut se méfier. Ainsi s'écoulaient les mois, jour après jour.

Et lorsque arrivaient le printemps et la chaleur bienfaisante de l'été, ses soirées débordaient également d'une beauté intérieure...

Elle était assise au piano. Par la fenêtre ouverte pénétrait, tout vibrant, l'arôme subtil qu'apportent les premiers jours du printemps, et la grande ville bourdonnait au loin, pareille à une mer démontée dont les flots se brisent contre les blancs rivages. Dans la pièce, le canari exécutait les trilles les plus joyeux, et dehors, dans le couloir, on entendait les enfants du voisin qui se livraient à leurs jeux allègres et exubérants. Mais, lorsqu'elle commençait à jouer, le silence se faisait à l'extérieur; doucement, tout doucement, la porte s'ouvrait et un garçon après l'autre passait la tête, écoutant avec recueillement. Et, de ses doigts blancs et minces qui semblaient devenir de plus en plus clairs, de plus en plus diaphanes, Erika trouvait des mélodies mélancoliques, entrecoupées de douces fantaisies où surgissait l'écho de souvenirs perdus.

Une fois qu'elle était ainsi en train de jouer, il lui vint un motif qu'elle avait oublié. Et elle le joua, le répéta, jusqu'au moment où, soudain, elle le reconnut: c'était la chanson populaire, la mélodie d'amour mélancolique, le point de départ du chant d'amour qu'il avait composé.

Elle laissa retomber ses doigts et rêva de nouveau au passé. Ses pensées étaient exemptes de ressentiment et d'envie. Peut-être valait-il mieux qu'ils ne se soient pas trouvés alors... Auraient-ils été heureux ensemble? Qui peut le savoir?... Pourtant – elle eut presque honte de cette pensée –, elle aurait aimé avoir un enfant de lui, un bel enfant aux boucles dorées qu'elle aurait pu bercer et dont elle aurait pu s'occuper quand elle était seule, toute seule...

Elle sourit. Stupides rêveries!

Et ses doigts recherchèrent à tâtons le thème oublié de la chanson d'amour...

L'étoile au-dessus de la forêt

A Franz Carl Ginskey,
bien cordialement

Un jour que François, le serveur svelte et soigné, se penchait par-dessus l'épaule de la belle comtesse Ostrovska pour la servir, il se produisit un phénomène étrange. Cela ne dura qu'une seconde, et ne se manifesta par aucun tressaillement, aucun signe de frayeur, ni aucun autre mouvement. Et pourtant ce fut une de ces secondes où se concentrent des milliers d'heures et de journées pleines d'exultation et de tourments, de même qu'un seul grain de pollen emporté par le vent renferme la force sauvage des grands chênes aux branches agitées par la brise, dont les cimes se balancent avec un bruissement sourd. Rien de remarquable ne survint au cours de cette seconde. François, le serveur expérimenté du grand hôtel de la Riviera, s'inclinait davantage pour mieux présenter le plat à la comtesse qui en explorait le contenu du bout de son couteau. Son visage reposait à cet instant juste au-dessus de la chevelure ondoyante et parfumée, et, lorsqu'il leva instinctivement les yeux qu'il tenait jusque-là baissés, en homme soumis, son regard pris de vertige découvrit une nuque délicate, d'une blancheur éblouissante, qui se dégageait de ces flots sombres pour se perdre dans les plis bouffants d'une robe d'un rouge sombre. Il fut comme embrasé de flammes pourpres. Et le couteau tinta légèrement contre le plat qui tremblait de façon imperceptible. Bien qu'il pressentît en cette seconde toutes les conséquences de ce brusque enchantement, il maîtrisa habilement son trouble et continua de servir avec la vivacité détachée et quelque peu galante d'un garçon stylé. Il tendit le plat d'un air calme au compagnon de table habituel de la comtesse, un aristocrate d'un certain âge, tranquille et charmant, qui parlait de la pluie et du beau temps avec un accent délicat et dans un français cristallin. Puis il s'éloigna de la table sans un regard et sans un geste.

Ces minutes furent le début d'un abandon très étrange, d'un état de vertige et d'ivresse tel que le terme pesant et altier d'amour ne lui convient guère. C'était un amour d'une fidélité à toute épreuve, sans désirs d'aucune sorte, comme seuls peuvent en éprouver les gens très jeunes ou très âgés et qu'on ne connaît pas ordinairement au milieu de la vie. Un amour irraisonné, qui ne pense pas, mais se contente de rêver. François oublia complètement le mépris injuste et cependant indéracinable que même des personnes intelligentes et réfléchies manifestent à l'égard des gens en habit de serveur ; il n'envisageait rien qui relevât du possible ou du hasard, mais il nourrissait au plus profond de lui-même cette inclination étrange, si intime et si secrète qu'elle finit par ignorer toute moquerie et toute critique. Sa tendresse ne se manifestait pas par des œillades et des regards aux aguets, des accès de témérité conduisant à des gestes osés, des lèvres brûlantes et des mains tremblantes, signes d'une excitation insensée ; elle se traduisait par des efforts paisibles, l'accomplissement de menus services qui sont d'autant plus sublimes et sacrés dans leur humilité qu'ils demeurent sciemment inaperçus. Il passait après le souper des doigts tendres et câlins sur les plis de la nappe devant sa place, ainsi que l'on caresserait les mains d'une femme aimée, reposant paisiblement; il disposait symétriquement, avec dévotion, tous les objets qui seraient près d'elle, comme s'il les préparait pour une fête. Il portait précautionneusement dans sa mansarde étroite, où régnait une atmosphère étouffante, les verres qu'elle avait touchés de ses lèvres et il les regardait scintiller la nuit, au clair de lune, tels des bijoux précieux. Il était constamment, et partout, à l'écoute de toutes ses allées et venues. Il buvait ses paroles, de même que l'on berce avec volupté sur sa langue un vin doux au bouquet capiteux, et saisissait avidement chacun de ses mots et de ses ordres, comme des enfants attrapent la balle au vol. Ainsi l'enivrement de son âme conférait à sa misérable vie sans intérêt un éclat et une richesse inconnus. Il n'eut jamais la sage folie de se dire, traduisant l'événement avec les mots froids et destructeurs de la réalité, que le pauvre serveur François aimait une comtesse exotique, à jamais inaccessible. Car il ne la ressentait pas comme un être de chair et de sang, mais comme quelque chose de très haut, de très lointain, qui n'était plus qu'un reflet de la vie. Il aimait la fierté impérieuse de ses ordres, l'arc souverain de ses sourcils noirs qui se rejoignaient presque, le pli farouche autour de sa bouche étroite, la grâce assurée de ses gestes. La soumission lui semblait naturelle et il était heureux de la proximité humiliante à laquelle le contraignait un service subalterne, parce qu'elle lui permettait de pénétrer fréquemment à l'intérieur du cercle magique qui entourait la comtesse.

Ainsi s'éveilla soudain dans la vie de cet homme simple un rêve, pareil à une délicate fleur de jardin, promise à des soins intensifs, et qui fleurit le long d'une route où d'ordinaire les tourbillons de poussière empêchent toute graine de pousser. C'était l'ivresse d'un homme modeste, un rêve magique et envoûtant au milieu d'une vie froide et monotone. Et de tels rêves sont semblables aux bateaux privés de gouvernail qui dérivent sans but, bercés voluptueusement sur des eaux calmes et miroitantes, jusqu'à ce que leur quille soudain heurte durement une rive inconnue.

Mais la réalité est plus forte et plus obstinée que tous les rêves. Un soir, le gros portier vaudois lui dit en le croisant: «La Ostrovska part demain au train de 8 heures.» Suivirent quelques autres noms indifférents qu'il n'entendit pas. Car ces mots avaient suscité dans son cerveau un bourdonnement et un tourbillon confus. D'un geste machinal, il porta un certain nombre de fois ses doigts à son front oppressé, comme s'il voulait le débarrasser d'un poids écrasant qui était un obstacle à sa compréhension. Il fit quelques pas; il chancelait. Mal assuré, effrayé, il passa rapidement devant un haut miroir au cadre doré où il aperçut un visage étranger, blafard, au teint crayeux, qui le regardait fixement. Il ne parvenait pas à réfléchir, ses pensées semblaient murées derrière une paroi sombre et brumeuse. Dans un état de semi-inconscience, il descendit en s'accrochant à la rampe le large escalier qui menait au jardin plongé dans le crépuscule, où de hauts pins parasols se dressaient solitaires, semblables à de noires pensées. Il tituba encore pendant quelques pas, et sa silhouette tourmentée évoquait le vol bas et chancelant d'un grand oiseau de nuit; puis il s'effondra sur un banc, la tête appuyée contre le dossier froid. Ici régnait un calme profond. Entre les buissons aux formes arrondies, scintillait la mer. Là-bas, les lumières douces et vacillantes luisaient faiblement et le murmure monotone de sources clapotant au loin se perdait dans le silence.

Et soudain tout fut clair, parfaitement clair. Si net qu'il parvint presque à sourire. C'était simple, tout était fini. La comtesse Ostrovska retourne chez elle et le serveur François reste à son poste. Cela était-il donc si curieux? Tous les étrangers qui arrivaient ne partaient-ils pas au bout de deux, de trois, de quatre semaines? Quelle folie de n'avoir pas réfléchi à cela. Tout était clair, oui, si clair, il y avait de quoi rire, de quoi pleurer. Et ses pensées ne cessaient de tourbillonner. Demain soir, par le train de 8 heures, pour Varsovie. Varsovie – des heures et des heures à travers forêts et vallées, collines et montagnes, steppes, fleuves et villes bourdonnantes. Varsovie! Que c'était loin! Il était tout à fait incapable de se l'imaginer, il ne pouvait que le ressentir au plus profond de lui-même, ce nom fier et menaçant, dur et lointain: Varsovie. Et il...

L'espace d'une seconde il entrevit, en rêve, un léger espoir. Il pouvait la suivre. Se faire engager là-bas comme serviteur, comme secrétaire, comme voiturier, comme esclave; mendier là-bas dans la rue, transi de froid – plutôt que d'être si terriblement loin –, respirer le souffle de la même ville, la voir peut-être parfois passer à vive allure devant lui; apercevoir son ombre, sa robe et sa chevelure sombre. Des rêveries jaillissaient, fulgurantes. Mais la réalité était dure et inexorable. L'évidence s'imposa, sans fard: tout cela était inaccessible.

Il calcula: cent ou deux cents francs d'économies dans le meilleur des cas. Cela suffisait à peine pour la moitié du voyage. Et ensuite? Ainsi qu'à travers un voile déchiré il découvrit d'un seul coup sa vie, il sentit à quel point elle serait désormais pauvre, pitoyable, horrible. Des années de service monotones, vides, torturées par un désir insensé – voilà l'avenir ridicule qui lui était réservé. Un frisson d'horreur s'empara de lui. Et soudain toutes ses idées s'enchaînèrent tumultueusement, convergeant vers une conclusion inéluctable. Il n'y avait qu'une seule possibilité.

Les cimes des arbres se balançaient doucement sous l'effet d'une brise imperceptible. Une nuit épaisse et noire se dressait, menaçante, devant lui. Il se leva de son banc, d'un geste assuré et calme, et il marcha sur le gravier qui crissait en direction de la grande maison endormie dans la blancheur du silence. Il s'arrêta sous ses fenêtres. Elles ne laissaient pas passer la moindre lumière, la moindre lueur, la moindre étincelle à laquelle son désir rêveur aurait pu s'enflammer. Son sang battait désormais paisiblement et il marchait comme quelqu'un que plus rien ne trouble ni ne dupe. Dans sa chambre, il se jeta sans émotion aucune sur son lit et il dormit d'un sommeil lourd, sans rêves, jusqu'au signal du réveil.

Le lendemain, son comportement se maintint dans les limites d'une réflexion soigneusement mesurée et d'un calme forcé. Il s'acquitta de ses tâches avec une indifférence froide et ses gestes étaient empreints d'une force si sûre et si insouciante que personne n'aurait pu deviner l'austère décision derrière le masque mensonger. Juste avant l'heure du dîner, il courut avec ses maigres économies chez le fleuriste le plus élégant, et il acheta des fleurs exquises qui, de par la magnificence de leurs couleurs, lui semblaient autant de paroles: des tulipes flamboyantes, d'or et de feu, qui étaient comme une passion; des chrysanthèmes blancs aux larges corolles, évocateurs de rêves clairs et exotiques; de sveltes orchidées, images élancées du désir, et quelques roses fières et envoûtantes. Puis il fit l'acquisition d'un vase magnifique aux reflets opalins. Il offrit au passage les quelques francs qui lui restaient, d'un geste rapide et insouciant, à un enfant qui mendiait. Et il rentra à la hâte. Solennel et mélancolique, il posa le vase contenant les fleurs devant le couvert de la comtesse, qu'il dressa, pour la dernière fois, avec une minutie lente et voluptueuse.

Puis ce fut le dîner. Il servit comme d'habitude: silencieux, adroit, l'air distant, sans lever les yeux. A la fin seulement, il enveloppa sa silhouette souple et fière d'un long regard dont elle ne sut jamais rien. Et elle ne lui parut jamais aussi belle que dans ce dernier regard dépourvu de désir. Puis il s'éloigna tranquillement de la table, sans un adieu et sans un geste, et sortit de la salle. Comme un client devant qui les domestiques s'inclinent avec déférence, il parcourut les couloirs et descendit le perron majestueux pour se rendre dans la rue: n'importe qui aurait pu deviner à cet instant qu'il abandonnait son passé. Il s'arrêta une seconde devant l'hôtel, indécis; puis il se dirigea vers un chemin le long des villas scintillantes et des vastes jardins, et marcha, marcha encore, du pas d'un promeneur pensif, sans savoir où il allait.

Il erra ainsi jusqu'au soir, perdu dans ses rêveries. Il ne songeait plus à rien. Ni au passé ni à l'inéluctable. Il ne jouait plus avec l'idée de la mort, ainsi que le font sans doute encore au dernier moment ceux qui soupèsent dans leur main le revolver étincelant qui les menace de son œil profond, avant de le reposer. Il avait depuis longtemps prononcé son propre verdict. Seules quelques images lui parvenaient, fugaces, tel un vol d'hirondelles. D'abord les années de jeunesse, jusqu'à cette heure de classe fatale où un événement absurde l'avait arraché à un avenir prometteur pour le plonger d'un coup dans le tourbillon du monde. Puis les déplacements incessants, les efforts pour gagner une journée de salaire, les multiples tentatives, toutes vouées à l'échec, jusqu'à ce que la grande vague sombre qu'on appelle le destin brise sa fierté et le précipite à un poste indigne de lui. De nombreux souvenirs colorés passèrent en tournoyant dans sa tête. Et enfin, de ces rêves éveillés surgit, rayonnant, le doux reflet de ces derniers jours; et brusquement ils ouvrirent à nouveau la porte obscure de la réalité qu'il lui fallait franchir. Il se rappela qu'il avait décidé de mourir aujourd'hui même.

Il réfléchit un instant aux nombreux moyens de se donner la mort, en les comparant quant à la souffrance et à la rapidité. Et soudain lui vint une idée fulgurante. De ses noires réflexions jaillit un sinistre symbole: de même qu'elle avait, sans le savoir, traversé son destin comme une tornade, de même il fallait qu'elle broie son corps. Il fallait qu'elle s'acquitte elle-même de cette tâche. Qu'elle parachève son œuvre. Et maintenant ses pensées se précipitaient avec une assurance lugubre. L'express qui la lui ravissait partait dans une heure à peine, à 8 heures. Il allait se jeter sous ses roues, se laisser écraser par cette puissance impétueuse qui lui arrachait la femme de ses rêves. C'était sous ses pieds qu'il voulait se vider de son sang. Ses pensées se déchaînaient, il exultait presque. Il connaissait même l'endroit. Plus haut, sur le versant boisé, là où les cimes frémissantes obscurcissaient la dernière vue que l'on pouvait avoir sur la baie toute proche. Il regarda sa montre: son pouls battait pratiquement au rythme des secondes. Il était temps de se mettre en route. Sa démarche nonchalante devint d'un seul coup élastique et assurée, son pas avait pris cette cadence sèche et rapide qui tue la rêverie. Dans la splendeur de ce crépuscule méridional, il se hâtait, nerveux, vers l'endroit où, entre les lointaines collines boisées, le ciel reposait dans une bande pourprée. Et, continuant sa marche précipitée, il arriva à la voie ferrée où les deux lignes argentées des rails qui brillaient devant lui lui servirent de guide. Suivant leur trajet tortueux, il traversa les profondes vallées embaumées, recouvertes d'un voile de brume faiblement argenté par le clair de lune, il gravit les collines d'où l'on voyait scintiller au loin, le long de la mer plongée dans une nuit noire, toutes les lumières de la plage. Et il atteignit enfin la forêt profonde, agitée de frémissements, qui engloutissait la voie ferrée dans sa pente ombreuse.

Il était déjà tard lorsque, respirant avec peine, il se retrouva sur le versant obscur de la forêt. Autour de lui, les arbres s'alignaient, noirs, sinistres. Seul un rayon de lune blême et tremblant filtrait dans les cimes transparentes, à travers les branches qui gémissaient sous l'étreinte de la légère brise nocturne. De temps à autre, des oiseaux de nuit lançaient au loin d'étranges appels qui trouaient le silence épais. Ses pensées se figèrent dans cette solitude angoissante. Il attendait simplement, il attendait, les yeux fixés sur la première courbe de la voie, en bas, où s'amorçait la montée en lacet, pour voir si la lumière rouge du train n'apparaissait pas. Parfois il jetait un regard nerveux sur sa montre, comptait les secondes. Puis il tendait à nouveau l'oreille, croyait entendre le cri lointain de la locomotive. Mais c'était une illusion. Un silence complet régnait. Le temps semblait s'être figé.

Enfin la lumière brilla tout en bas. A cette seconde, il ressentit un coup au cœur, mais il ne savait pas si c'était l'effet de la peur ou de l'allégresse. D'un mouvement brusque il se jeta sur les rails. Pendant un instant il ne sentit que la fraîcheur agréable des barres d'acier contre ses tempes. Puis il prêta l'oreille. Le train était encore loin. Cela pouvait durer plusieurs minutes. On n'entendait rien d'autre que le bruissement des arbres dans le vent. Ses pensées jaillissaient en désordre. Et soudain l'une d'entre elles se fixa et lui transperça douloureusement le cœur comme une flèche: il mourait à cause d'elle et elle ne s'en douterait jamais. Pas un seul remous de sa vie bouillonnante ne l'avait atteinte. Elle ne saurait jamais qu'une vie étrangère avait été suspendue à la sienne, avait été brisée par elle.

Le halètement lointain et très léger de la machine qui montait régulièrement la côte traversa le silence. Mais cette pensée que rien n'atténuait continuait à le consumer et à transformer en torture les dernières minutes qui lui restaient à vivre. Le martèlement du train se faisait de plus en plus proche. François ouvrit encore une fois les yeux. Au-dessus de lui il y avait le ciel muet, d'un noir bleuté, et quelques cimes frémissantes. Et, au-dessus de la forêt, une étoile blanche qui scintillait. Une étoile solitaire au-dessus de la forêt... Les rails commençaient déjà à vibrer légèrement et à chanter sous sa tête. Mais toujours cette même pensée embrasait son cœur et son regard où se concentraient toute l'ardeur et tout le désespoir de son amour. Toutes ses aspirations, ainsi que cette dernière et douloureuse question, irradièrent en direction de l'étoile blanche et brillante qui le regardait avec bienveillance. Le train grondait. Et, au seuil de la mort, il embrassa une dernière fois d'un regard indicible l'étoile scintillante, l'étoile au-dessus de la forêt. Puis il ferma les yeux. Les rails tremblaient, vibraient, le train s'approchait à toute vitesse, et la forêt était pleine de son grondement, comme si de grosses cloches sonnaient. La terre semblait vaciller. Encore un bourdonnement assourdissant, un fracas, un tourbillon, puis un coup de sifflet strident, le cri anxieux et animal du sifflet à vapeur, et le gémissement perçant d'un frein inutile...

La belle comtesse Ostrovska occupait dans le train un compartiment qui lui était réservé. Depuis le départ, elle lisait un roman français, doucement bercée par le balancement du wagon. Il régnait dans cet espace étroit une atmosphère étouffante, imprégnée du parfum suffocant de nombreuses fleurs à demi fanées. Dans les somptueuses corbeilles qui lui avaient été remises au moment des adieux, les grappes de lilas blanc pendaient, fatiguées, comme des fruits trop mûrs, les fleurs penchaient, alanguies, sur leurs tiges, et les lourds et larges calices des roses semblaient se faner dans le chaud nuage des parfums capiteux. Ces lourds effluves étaient exaltés par la touffeur qui pesait sur le compartiment, et ils provoquaient une torpeur accablante, bien que le train filât à vive allure.

Soudain elle laissa tomber le livre de ses mains lasses. Elle ne savait pas elle-même pourquoi. Elle était déchirée par un sentiment secret. Elle sentait en elle un poids sourd et douloureux. Une angoisse subite et incompréhensible lui serrait le cœur. Elle crut étouffer dans les exhalaisons entêtantes des fleurs. Et cette douleur effrayante ne voulait pas céder, elle ressentait chaque vibration des roues qui filaient, le martèlement aveugle du train lui était un supplice indescriptible. Elle fut saisie par l'envie subite et violente de retenir ce train dans son élan, de l'arracher à la souffrance obscure au-devant de laquelle il se précipitait. Jamais, de toute sa vie, elle n'avait été oppressée par une douleur aussi incompréhensible, par cette peur inexplicable de quelque chose d'effroyable, d'invisible, d'inhumain. Ce sentiment inexprimable se fit de plus en plus violent, et elle sentit sa gorge se nouer de plus en plus. Ainsi qu'une prière s'élevait en elle le souhait plaintif que le train s'arrêtât.

Et soudain un sifflement strident, le cri d'avertissement sauvage de la locomotive et le grincement des freins. Le rythme des roues se ralentit, toujours davantage, puis un dernier hoquet et un arrêt brutal...

Elle tâtonne jusqu'à la fenêtre pour respirer l'air frais. La vitre cliquette lorsqu'elle la baisse. Dehors, des formes noires qui se précipitent... Des paroles saisies au passage, prononcées par différentes voix: un suicide... Sous les roues... Mort... En pleine campagne...

Elle tressaille. Instinctivement son regard rencontre le ciel lointain et muet et, à l'horizon, les arbres noirs et frémissants. Tout là-haut, une étoile solitaire au-dessus de la forêt. Le regard de cette étoile est comme une larme étincelante. Elle la contemple, et elle ressent soudain une tristesse telle qu'elle n'en a jamais connu. Une tristesse pleine de passion et de nostalgie, comme il n'y en a jamais eu dans toute sa vie...

Lentement le train repart en trépidant. Assise dans un coin du compartiment, elle sent des larmes couler en silence sur ses joues. La peur sourde a disparu, elle n'éprouve plus qu'une douleur profonde et étrange dont elle recherche en vain la raison. Une douleur semblable à celle des enfants lorsqu'ils se réveillent en sursaut, pleins d'effroi, au milieu d'une nuit sombre et impénétrable, et qu'ils se sentent complètement seuls...

La marche

A mon ami,
l'artiste E. M. Lilien

D'obscures rumeurs circulaient dans le pays, d'étranges propos laissant entendre que les temps étaient accomplis et que le Messie n'était pas loin. De plus en plus fréquemment, des hommes venaient de Jérusalem dans les petits villages de Judée et racontaient que des signes et des miracles s'étaient produits. Et, réunis en petit nombre, ils baissaient la voix d'un air mystérieux pour parler de l'homme étrange qu'ils appelaient le Maître. Partout on les écoutait volontiers et on les croyait, avec une confiance mêlée de crainte, car dans le peuple le désir de voir le Sauveur était devenu pressant, il avait mûri comme une fleur qui brise son calice. Et, lorsqu'on se rappelait les promesses des livres saints, on évoquait Son nom et une lueur de joie et d'espoir brillait dans les regards.

En ce temps-là vivait dans cette contrée un jeune homme dont le cœur était empli de foi et d'espérance. Il invitait dans sa maison les pauvres pèlerins qui revenaient de Jérusalem afin qu'ils lui relatent ce qu'ils savaient du Sauveur, et lorsqu'ils parlaient de Lui, de Ses paroles et de Ses actes miraculeux, il ressentait dans son être une douleur sourde, car son envie de contempler le visage du Rédempteur était violente. Jour et nuit il rêvait de Lui et, dans son désir inlassable, il formait mille images de Sa face empreinte de bonté et de douceur, mais il sentait que ce n'étaient là que de pâles représentations d'une plus grande perfection. Et il lui semblait que toute inquiétude et toute souffrance disparaîtraient de sa jeune âme s'il lui était une seule fois permis d'être touché par l'intense lumière qui émanait du Seigneur. Cependant il n'osait pas encore quitter le sol natal et le travail qui le nourrissait pour aller là où son désir le poussait.

Mais, une fois, il se réveilla en pleine nuit au sortir d'un rêve. Il ne parvenait plus à s'en souvenir, ni même à savoir s'il avait été source de joie ou de douleur; il avait simplement l'impression que quelqu'un l'avait appelé de loin. Il sut alors que le Sauveur l'avait mandé. Au plus profond de l'obscurité naquit en lui la résolution subite de ne plus attendre davantage pour voir le visage de son Dieu; et ce désir impérieux s'imposa si fort en lui qu'aussitôt il s'habilla, se munit d'un solide bâton de voyageur, quitta la maison endormie, sans dire un mot à personne, et prit la direction de Jérusalem.

La lune éclairait la route, et son ombre courait devant lui. Car son pas était rapide et presque anxieux, comme s'il voulait rattraper en cette seule nuit une négligence de plusieurs mois. Une pensée le tourmentait, qu'il osait à peine s'avouer: peut-être qu'il était trop tard et qu'il ne trouverait plus le Sauveur. Parfois aussi il était saisi d'angoisse à l'idée qu'il pourrait se tromper de chemin. Mais il se remémorait alors le miracle merveilleux dont il avait entendu parler: trois rois de pays lointains guidés à travers l'obscurité par l'éclat d'une étoile. Le poids qui oppressait son âme se dissipait à nouveau et son pas résonnait, ferme et assuré, sur le dur sentier.

Il marcha ainsi à vive allure pendant quelques heures, puis vint le matin. La brume se leva peu à peu, découvrant un paysage vallonné riche en couleurs, avec des montagnes au loin et de jolies fermes qui invitaient au repos. Cependant il ne s'arrêta pas, il préférait marcher, marcher toujours. Lentement le soleil montait, de plus en plus haut. Et une chaude journée s'abattit sur le pays.

Bientôt son pas se ralentit. De son corps ruisselaient des perles de sueur, et son lourd habit de fête commençait à lui peser. Il le mit d'abord sur son épaule, pour le préserver, et marcha dans ses vêtements de pauvre. Mais il ne tarda pas à sentir le poids de ce fardeau, et il ne sut plus qu'en faire. Il ne voulait pas s'en débarrasser, car il n'était pas riche et n'avait pas d'autre habit de fête, et il envisageait déjà de le vendre au prochain village ou de le mettre en gage. Toutefois, lorsqu'il rencontra un mendiant qui cheminait péniblement, il pensa à son maître lointain et offrit l'habit au pauvre.

Il retrouva pour peu de temps une vigueur nouvelle, puis sa démarche se ralentit à nouveau. Le soleil était déjà haut et chaud, et les arbres projetaient des ombres étroites sur le chemin poussiéreux. La chaleur immobile et accablante de midi était très rarement traversée par un faible vent, et celui-ci soulevait la poussière épaisse et lourde de la route qui se collait à son corps baigné de sueur. Et il la sentait aussi brûler sur ses lèvres desséchées, qui depuis longtemps aspiraient à se désaltérer. Mais la contrée était montagneuse et déserte, on n'apercevait nulle source fraîche, nulle maison hospitalière.

Parfois il lui venait à l'esprit qu'il devrait retourner sur ses pas ou au moins se reposer quelques heures à l'ombre. Mais une inquiétude de plus en plus grande l'incitait à poursuivre en direction de son but, assoiffé et les genoux chancelants.

Entre-temps midi était arrivé. Du ciel sans nuages, le soleil embrasait la route, brûlante sous les sandales du voyageur ainsi que du métal en fusion. Il avait les yeux rouges et gonflés par la poussière, sa démarche se faisait de moins en moins assurée et sa langue était si dure qu'il ne parvenait plus à répondre aux pieuses salutations des rares personnes qui croisaient son chemin. Ses forces auraient dû l'abandonner depuis longtemps, mais on eût dit que seule la volonté le poussait encore en avant, ainsi que l'angoisse de prendre du retard et de ne plus être en mesure de voir la face éblouissante qui illuminait ses rêves. Il était pourtant tout près de Lui à présent, deux petites heures le séparaient de la ville sainte, et, lorsque cette idée venait le narguer, son cerveau menaçait d'éclater.

Il réussit encore à se traîner jusqu'à une maison au bord du chemin. A bout de forces il frappa à la porte avec son bâton noueux et, d'une voix éteinte, presque inaudible, demanda à boire à la femme qui lui ouvrit. Puis il s'écroula sans connaissance sur le seuil.

Quand il revint à lui, il sentit dans ses membres un regain de forces. Il se trouvait dans une petite pièce d'une fraîcheur bienfaisante, étendu sur un lit de repos. Et, partout, les traces d'une main charitable et attentive ; son corps brûlant avait été lavé avec du vinaigre et soigneusement oint, le récipient qui avait servi à le rafraîchir était encore posé à côté de lui.

Sa première préoccupation fut de savoir l'heure et il sauta de sa couche pour voir le soleil. Il était encore haut; ce n'était donc que le début de l'après-midi, il n'avait pas perdu trop de temps. A cet instant, la femme qui lui avait ouvert la porte entra dans la pièce. Elle était encore jeune, et, à en juger par les apparences, c'était une Syrienne; ses yeux avaient du moins l'éclat sombre et sauvage propre aux femmes de ce peuple, et ses mains, de même que ses pendants d'oreilles, trahissaient l'amour enfantin qu'elles portent aux bijoux. Sa bouche souriait légèrement, tandis qu'elle lui souhaitait la bienvenue dans sa maison.

Il la remercia vivement pour son hospitalité et, aussi fort que fût son désir de reprendre la route, il n'osa pas parler tout de suite de départ. Et c'est à contrecœur qu'il la suivit dans la salle à manger où elle lui avait préparé un repas. Elle lui fit signe de s'asseoir, lui demanda son nom et le but de son voyage. Bientôt la conversation s'engagea. Elle se mit à parler d'elle-même, lui raconta qu'elle était la femme d'un centurion romain qui l'avait enlevée de son pays natal pour l'amener ici où la vie monotone qu'elle menait, loin de ses compatriotes, ne lui plaisait guère. Aujourd'hui, son mari devait rester toute la journée à la ville, car Ponce Pilate, le gouverneur, avait ordonné l'exécution de trois malfaiteurs. Et elle continua de lui tenir toute sorte de propos indifférents, avec beaucoup d'entrain, sans se soucier de sa mine inquiète et impatiente. Parfois elle le regardait avec un curieux sourire, car c'était un beau jeune homme.

D'abord il ne remarqua rien de tout cela, parce qu'il ne lui prêtait aucune attention et qu'il laissait le flot de ses paroles déferler sur lui comme un bruit dépourvu de sens. Une seule pensée occupait son esprit: il fallait qu'il continue sa route pour voir le Sauveur aujourd'hui même. Mais le vin lourd qu'il buvait sans prendre garde emplit ses membres de fatigue et de lourdeur et, quand il fut rassasié, une douce sensation de bien-être et d'indolence l'envahit. Et lorsque, après le repas, mû par une volonté fléchissante, il essaya sans conviction de prendre congé, elle n'eut guère de peine à le retenir en invoquant la chaleur pesante de l'après-midi.

Dans un sourire, elle lui reprocha sa hâte qui le rendait avare de quelques heures. Puisqu'il avait hésité pendant des mois, il n'était pas à une journée près. Et, toujours avec son sourire étrange, elle ne cessait de répéter qu'elle était seule à la maison, toute seule. En disant cela, elle le fixait d'un regard plein de convoitise. Il était lui aussi saisi par un trouble bizarre. Le vin avait éveillé en lui des désirs confus et son sang que la chaleur ardente, dévorante du soleil avait embrasé, battait à présent dans ses veines, étrangement lourd, annihilant de plus en plus toute pensée. A un moment, elle pencha son visage près du sien et il aspira le parfum enivrant de ses cheveux; alors il l'attira à lui et l'embrassa avec fougue. Elle ne lui résista pas...

Il oublia ainsi son aspiration sacrée pour ne plus penser qu'à celle qu'il tint dans ses bras fiévreux pendant un après-midi d'été long et étouffant.

Ce fut seulement au crépuscule qu'il se réveilla de cette ivresse. Brusquement, presque avec hostilité, il s'arracha à ses bras, car l'idée qu'il pouvait avoir manqué le Messie à cause d'une femme le remplissait d'anxiété et de fureur. Il prit à la hâte ses vêtements, se saisit de son bâton et quitta la maison sans un mot, sur un simple geste d'adieu. Il avait comme le pressentiment qu'il ne devait pas remercier cette femme.

Il se dirigea vers Jérusalem avec une hâte fébrile. Le soir était déjà tombé et toutes les branches, tous les rameaux bruissaient, comme agités par un mystère obscur qui remplissait le monde. Au loin, en direction de la ville, s'étendaient quelques nuages lourds et sombres qui commençaient lentement à s'embraser dans la lumière du soleil couchant. Tout son être fut saisi d'une angoisse subite et incompréhensible lorsqu'il discerna ce signe éblouissant dans le ciel.

Hors d'haleine, il parcourut le reste du chemin et le but de son voyage s'offrait déjà à son regard. Mais il ne cessait de penser qu'il avait sacrifié sa mission à une volupté éphémère et ce poids accablant pesait de plus en plus sur son cœur, bien qu'il aperçût les murs clairs et les tours étincelantes de la ville sainte ainsi que le pinacle lumineux du Temple.

Il s'arrêta une seule fois dans sa marche. Près de la ville, sur une petite colline, il vit au loin une foule immense qui se pressait en désordre, si bruyante que les voix parvenaient jusqu'à lui. Au-dessus de ces gens, il vit que s'élevaient trois croix noires qui se détachaient nettement sur l'horizon, embrasé, comme si le monde entier était inondé de flammes étincelantes, immergé dans une incandescence pleine de menaces. Et les lances resplendissantes des mercenaires étaient d'un rouge ardent, comme ensanglantées...

Un homme s'avançait sur le chemin désert, d'une démarche inquiète, sans but. Il lui demanda ce qui se passait ici et fut aussitôt saisi d'un étonnement sans bornes. Car l'étranger leva vers lui un visage stupéfait, déformé par l'effroi, comme atteint par un coup brutal, et il s'enfuit, en proie à un désespoir farouche, ainsi qu'un homme poursuivi par des démons, avant que le voyageur ait pu se ressaisir. Etonné, celui-ci l'appela. L'étranger ne se retourna pas; il courait, courait toujours. Mais le voyageur qui reprit sa route crut avoir reconnu en lui un habitant de Kerioth, du nom de Judas Iscariote. Cependant il ne comprenait pas son comportement étrange.

Il interrogea un autre homme qui passait par là. Mais celui-ci était pressé et se contenta de dire qu'on avait crucifié trois malfaiteurs condamnés par Ponce Pilate. Il poursuivit son chemin sans attendre qu'on lui posât d'autres questions.

Le voyageur se remit en marche vers Jérusalem. Il jeta un dernier regard derrière lui, sur la colline, qu'on eût dit enveloppée d'un nuage de sang, et vit les trois crucifiés: celui de droite, celui de gauche et celui du milieu. Mais il ne reconnut pas son visage.

Et il passa son chemin, sans y penser davantage, se dirigeant vers la ville pour contempler la face du Sauveur...

Les prodiges de la vie

A mon cher ami
Hans Müller

Une nappe de brouillard gris s'était déposée sur Anvers, elle pesait sur la ville et l'enveloppait d'une toile épaisse. Les maisons ne tardèrent pas à disparaître sous une légère vapeur et les rues se fondaient dans le vague: mais par-dessus tout cela, on entendait un tintement, le bourdonnement d'un appel, telle la voix de Dieu à travers les nuages, car les clochers des églises, d'où provenait le son étouffé et plaintif des cloches, s'évanouissaient dans cette immense mer de brume qui submergeait la ville et la campagne et couvrait au loin, dans le port, les flots de l'océan agités de sourds grondements. Çà et là une faible lueur luttait contre la fumée humide, cherchant à éclairer une enseigne aux couleurs criardes, mais seuls le bruit et les rires confus de voix gutturales trahissaient la présence de la taverne où s'étaient retrouvés tous ceux qui voulaient se mettre à l'abri du froid et du mauvais temps. Les rues étaient vides et, lorsqu'une silhouette passait, on eût dit une traînée fugitive qui s'évanouissait rapidement dans le brouillard. Ce dimanche matin était marqué du signe de la lassitude et de la désolation.

Seules les cloches appelaient, elles appelaient sans trêve, comme désespérées de voir la brume étouffer leur cri. Les fidèles étaient rares; l'hérésie étrangère s'était installée dans le pays, et celui qui n'avait pas renié sa foi mettait moins d'ardeur et d'entrain à servir le Seigneur, si bien qu'un nuage de brume matinale suffisait à éloigner de nombreux croyants de leur devoir. Les vieilles femmes ratatinées qui dévidaient leur rosaire, les pauvres gens dans leurs modestes habits du dimanche semblaient perdus, sous les voûtes profondes et obscures de l'église, qu'illuminaient, telle une douce flamme, l'or éclatant des autels et des chapelles et la chasuble étincelante du prêtre. La brume paraissait avoir filtré à travers les hauts murs, car on retrouvait là l'atmosphère triste et frileuse des rues nébuleuses et abandonnées.

Le prêche matinal était lui aussi froid, rude, sans un rayon de soleil: il était consacré aux protestants et une colère sauvage le sous-tendait. La haine s'y associait à une grande assurance, car le temps de la clémence semblait révolu et d'Espagne parvenait aux ecclésiastiques l'heureux message que le nouveau roi servait les œuvres de l'Église avec une rigueur digne de louanges. Aux représentations menaçantes du Jugement dernier se mêlaient des paroles sombres de mise en garde pour les temps à venir qui, si l'assistance avait été importante, auraient peut-être résonné en s'amplifiant à travers les bancs; mais dans ce vide obscur, dans cette atmosphère brumeuse et frémissante, elles étaient comme gelées, leur grondement tombait à plat.

Pendant le sermon, deux hommes étaient entrés rapidement par le portail principal, méconnaissables pour l'instant dans leurs larges manteaux au col relevé et avec leurs cheveux rabattus par le vent sur leur face. Le plus grand des deux se libéra d'un geste brusque de son vêtement mouillé: on vit apparaître le visage d'un bourgeois, un visage clair, tout en rondeur, sans aucun trait saillant, parfaitement assorti au riche habit de négociant. L'autre homme était vêtu de façon plus curieuse, bien que sans extravagance: ses gestes calmes, paisibles, étaient en harmonie avec sa figure un peu rustaude, mais pleine de bonté, et la masse blanche de ses cheveux ondoyants lui conférait la douceur d'un évangéliste. Ils se recueillirent tous deux brièvement. Puis le négociant fit signe à son compagnon plus âgé de le suivre, et ils se rendirent à pas lents et feutrés dans la nef latérale; celle-ci était presque entièrement plongée dans l'obscurité, car les cierges étaient agités et tremblaient dans cet espace humide et l'épais nuage qui ne parvenait pas à s'éclaircir stagnait devant les vitraux colorés. Le négociant s'arrêta en face de l'une des petites chapelles latérales qui contenaient le plus souvent les dons et les ex-voto des vieilles familles de propriétaires terriens et, désignant de la main l'un des petits autels, il dit brièvement: «C'est ici.»

L'autre s'approcha et fit un écran de sa main pour mieux scruter la pénombre. Un coin de l'autel était occupé par un tableau lumineux dont les teintes semblaient devenir encore plus tendres dans l'obscurité, et qui captiva aussitôt le regard du peintre. C'était une Madone au cœur transpercé d'un glaive, une œuvre empreinte de douleur et de tristesse d'où se dégageait pourtant une atmosphère de paix et de réconciliation. Marie présentait un visage étrangement doux, elle n'était pas tant la mère de Dieu qu'une jeune fille resplendissante et rêveuse, effleurée par une pensée douloureuse qui lui retire un peu de son enjouement, de son insouciance, de sa grâce souriante. Une masse épaisse de cheveux noirs encadrait délicatement une figure étroite, pâle, d'où ressortait la pourpre de lèvres brûlantes comme une plaie.

Les traits étaient d'une finesse merveilleuse, et bien des lignes, tel l'arc étroit et sûr des sourcils, conféraient un air presque sensuel et une beauté espiègle à ce tendre visage, dont les yeux sombres et pensifs semblaient rêver à un autre monde, plus coloré et plus suave, auquel la peur et la souffrance les avaient arrachés. Les mains étaient jointes, délicatement et avec résignation, et la poitrine paraissait encore frémir de peur sous le contact froid du glaive le long duquel on voyait la trace sanglante de la blessure. Tout cela baignait dans un éclat surnaturel, la tête était nimbée d'or et de feu, et le cœur lui-même ne suggérait pas l'image du sang chaud, bouillonnant, il brûlait d'une lumière toute mystique, tel un calice, dans la lueur colorée des vitraux éclairés par le soleil. Et la clarté vaporeuse de l'aube achevait de retirer toute apparence terrestre à ce tableau, si bien que l'auréole au-dessus de cette douce tête de jeune fille brûlait d'un éclat qui évoquait celui de la transfiguration.

C'est presque avec violence que le peintre s'arracha à sa contemplation.

–Ce n'est pas quelqu'un de chez nous qui a peint cela.

Le négociant fit un signe d'approbation.

– C'était un Italien. Un jeune peintre. C'est une longue histoire. Je vais vous la raconter depuis le commencement, et c'est vous-même, comme vous le savez, qui devrez l'achever. Mais regardez : le sermon est terminé, nous allons chercher pour ce récit un autre endroit que cette église, même si c'est à elle que seront destinés nos efforts et notre œuvre commune. Partons !

Le peintre demeura encore quelques instants immobile, hésitant, avant de se détourner du tableau qui paraissait devenir de plus en plus lumineux au fur et à mesure que l'obscurité tendait à se dissiper, et que la brume se parait de reflets de plus en plus dorés autour des vitraux. Il avait l'impression que s'il restait là, plongé dans une contemplation recueillie, le pli délicatement douloureux de ces lèvres d'enfant se perdrait dans un sourire et qu'une nouvelle grâce lui serait révélée. Cependant son compagnon était déjà loin et il dut accélérer le pas pour le rejoindre près du portail. Ils sortirent de l'église ensemble, comme ils y étaient entrés.

Le lourd manteau de brume qui recouvrait la ville en cette matinée de début de printemps s'était transformé en un voile pâle, argenté, qui restait accroché comme une dentelle aux pignons des toits. Les pierres serrées du pavé humide brillaient ainsi que de l'acier, et on commençait à y voir les premiers reflets dorés du soleil. Les deux hommes parcouraient les rues étroites et tortueuses en direction du port, près duquel habitait le négociant. Ils marchaient d'un pas lent et rêveur, perdus dans leurs pensées et dans leurs souvenirs; aussi l'histoire du négociant parut-elle les amener plus vite à destination.

– Je vous ai déjà raconté, commença-t-il, que dans ma jeunesse je me trouvais à Venise. Et, pour dire les choses simplement: je ne vivais pas de façon très chrétienne. Au lieu d'administrer le magasin de mon père, je fréquentais les tavernes en compagnie des jeunes gens qui passent là toute la sainte journée à mener joyeuse vie. Je buvais, je jouais, je connaissais déjà plus d'une chanson hardie, plus d'un juron sanglant que je lançais d'un bout à l'autre de la table d'une voix tonitruante, au même titre que les autres. Je ne pensais pas à rentrer. Je prenais l'existence à la légère, de même que les lettres de plus en plus pressantes et menaçantes que m'envoyait mon père: on me connaissait ici et on l'avait prévenu que la vie dissolue que je menais finirait par me dévorer. Je me contentais d'en rire; non sans éprouver parfois quelque contrariété. Mais une rapide gorgée de ce vin sombre et doux suffisait à dissiper toute amertume ou, sinon, c'était le baiser d'une fille. Je décachetais les lettres d'un geste brutal et ne tardais pas à les déchirer: j'étais la proie d'une ivresse mauvaise, je pensais ne plus jamais m'en sortir. Pourtant, un soir, je redevins entièrement libre. Ce fut très étrange, et aujourd'hui encore j'ai parfois l'impression que ce fut à l'évidence un miracle qui m'ouvrit la voie. Je me trouvais dans ma taverne: je la revois, avec son atmosphère enfumée et mes compagnons de beuverie. Il y avait aussi des filles, et l'une d'elles était très belle; nous fûmes rarement plus déchaînés que lors de cette nuit-là, qui était orageuse et très inquiétante. Soudain, alors qu'une histoire licencieuse venait de provoquer des rires tonitruants, mon domestique entra et me remit une lettre qui avait été apportée par le courrier de Flandre. Je fus très contrarié, car je ne voyais les lettres de mon père qu'avec déplaisir; elles me rappelaient en effet sans répit à mon devoir et à une conduite chrétienne, deux choses que j'avais depuis longtemps noyées dans le vin. Je voulus la prendre: à cet instant, l'un de mes compagnons de beuverie – un beau garçon, adroit et passé maître dans tous les arts de la chevalerie – bondit de sa chaise. «Laisse donc ces prédictions de malheur! En quoi cela te concerne-t-il?» s'écria-t-il, et il jeta la lettre en l'air, dégaina rapidement son épée et ficha avec adresse le papier dans le mur, si profondément que la lame bleue et souple trembla. Il la retira avec précaution – la lettre close ne bougea pas. « Et voilà la chauve-souris collée », dit-il en riant. Les autres applaudirent, les filles se précipitèrent joyeusement vers lui, on but à sa santé. Je riais aussi, je buvais avec les autres, je me forçais à une gaieté délirante dans laquelle j'oubliai la lettre, mon père, Dieu et moi-même. Nous nous rendîmes – sans que j'aie eu une pensée pour cette missive – dans une autre taverne où notre exubérance tourna à la folie. Jamais je n'avais été aussi ivre et une des filles était belle comme le péché.

Le négociant s'arrêta malgré lui et passa plusieurs fois sa main sur son front, comme s'il voulait chasser une image désagréable. Le peintre comprit vite à quel point ces souvenirs lui étaient pénibles et, au lieu de le regarder, il feignit de considérer avec intérêt un galion qui s'approchait à pleines voiles du port, labyrinthe coloré où les deux hommes avaient fini par arriver. Le silence ne fut pas long et le négociant reprit avec précipitation son récit.

– Vous pouvez imaginer la suite. J'étais jeune et ému, la fille belle et effrontée. Nous partîmes ensemble, et j'étais plein de fièvre et de désir. Mais il se produisit un phénomène étrange. Lorsque je reposai dans ses bras lascifs et que sa bouche se pressa contre la mienne, cette caresse fut loin de me procurer une jouissance sauvage, que j'eusse volontiers payée de retour; au contraire, par une sorte de miracle, ces lèvres me rappelèrent la douceur des baisers que nous échangions le soir dans la maison de mes parents. D'un seul coup, dans les bras de cette fille – cela tint du prodige – je me souvins de la lettre de mon père, cette lettre froissée, transpercée, que je n'avais pas lue, et j'eus l'impression que ma poitrine saignait sous le coup porté par mon compagnon. Je me levai si brusquement et j'étais si pâle que la fille me demanda, avec un regard effrayé, ce qui m'arrivait. Mais j'avais honte de cette peur insensée; j'avais honte aussi de cette créature inconnue dont j'avais partagé le lit et goûté la beauté, et je ne voulus pas lui confier l'idée folle qui venait de me traverser l'esprit. Mais au cours de cette minute ma vie entière s'est trouvée transformée et aujourd'hui, tout comme alors, je pressens que seule la grâce de Dieu peut agir de la sorte. Je lui jetai de l'argent, qu'elle prit avec répugnance, parce qu'elle craignait que je ne la méprise, et elle me traita de fou d'Allemand. Mais je n'entendais plus rien; je partis en courant dans la nuit froide et pluvieuse, et j'appelai une gondole, emplissant de mes cris désespérés l'obscurité des canaux. Il en vint enfin une, dont je dus payer la course à prix d'or. Mon cœur battait, en proie à une peur subite, inexorable, incompréhensible, et je ne pensais à rien d'autre qu'à la lettre qu'un miracle avait si brusquement rappelée à mon souvenir. Lorsque je parvins près de la taverne, l'envie de lire ces lignes s'empara de moi, semblable à une fièvre dévorante. Comme un fou, je me précipitai à l'intérieur, sans prêter attention aux appels étonnés et joyeux de mes compagnons, je sautai sur une table dans un grand tintement de verres, détachai la lettre du mur et me remis à courir, sans me préoccuper du déchaînement de rires moqueurs et des imprécations derrière moi. Au premier coin de rue, je la dépliai, les mains tremblantes. La pluie tombait à torrents du ciel couvert de nuages, et le vent cherchait à me ravir la feuille des mains. Mais je ne lâchai pas prise avant d'avoir tout déchiffré, malgré l'eau qui ruisselait de mes yeux. Le contenu était bref: ma mère était très gravement malade et je devais rentrer à la maison. Aucun mot de blâme ni de reproche cette fois-ci. Mais combien cuisante fut la honte que j'éprouvai au plus profond de moi lorsque je remarquai que la lame de l'épée était passée juste au travers du nom de ma mère...

– Un miracle, un signe manifeste, qui ne peut pas être compris par tout le monde, mais par celui seul pour qui il s'est produit, murmura le peintre, tandis que son compagnon, profondément ému, avait sombré dans le silence.

Pendant un moment ils marchèrent côte à côte sans dire un mot. On voyait déjà au loin, de l'autre côté du port, étinceler la somptueuse maison du négociant. Lorsqu'en levant les yeux ce dernier l'aperçut, il reprit à la hâte.

– Permettez-moi d'être bref, permettez-moi de me taire sur la douleur et le remords proche de la folie que je connus cette nuit-là. Laissez-moi vous dire simplement que le lendemain matin me vit à genoux sur les marches de l'église Saint-Marc, où, dans une prière fervente, je promis un autel à la mère de Dieu si elle me donnait la possibilité de revoir ma mère et de recueillir son pardon. Je partis le jour même, je passai des heures, des jours, dans la désolation et la peur jusqu'à mon arrivée à Anvers où je me précipitai, en proie à un désespoir sauvage, vers la maison de mes parents. Ma mère se tenait sur le pas de la porte, vieillie et pâle, mais bien portante. A ma vue, elle déborda de joie et me tendit les bras, et je me soulageai en pleurant contre son cœur du souci de tant de journées et de la honte de tant de nuits dilapidées. Depuis, ma vie a changé, je crois pouvoir dire qu'elle est bonne. Ce que j'avais de plus cher, cette lettre, je l'ai enfouie sous la première pierre de cette maison, que j'ai construite de mes mains, et j'ai cherché à respecter mon vœu. Peu après mon arrivée, je fis élever l'autel que vous avez vu et je mis tout en œuvre pour l'orner ainsi qu'il le méritait. Mais, comme j'ignorais tout des secrets qui vous permettent d'évaluer votre art, et que je voulais consacrer un tableau digne d'elle à la mère de Dieu qui avait miraculeusement exaucé ma prière, j'écrivis à un ami fidèle à Venise et lui demandai de m'envoyer le meilleur peintre qu'il connaisse, afin qu'il achève dignement cette entreprise chère à mon cœur.

«Des mois s'écoulèrent. Un jour, je vis un jeune homme devant ma porte; il se réclamait de mon ami et me transmit ses salutations et une lettre de lui. Le peintre italien, dont le visage étonnant est encore bien présent à ma mémoire, ne ressemblait en rien aux compagnons bruyants et hâbleurs de mes beuveries vénitiennes. On l'aurait pris plutôt pour un moine que pour un peintre, car sa longue silhouette était vêtue de noir, ses cheveux étaient ordonnés avec simplicité et son visage avait cette pâleur empreinte de spiritualité que confèrent les veillées et l'ascèse. La lettre ne fit que confirmer cette impression favorable, tout en dissipant mes hésitations dues à la jeunesse de ce peintre. En Italie, m'écrivait mon ami, les vieux maîtres sont plus fiers que des princes, et il est difficile, même avec l'offre la plus séduisante, de les éloigner de leur pays où ils sont entourés par leurs amis et par les femmes, par les princes et par le peuple. Seul le hasard avait désigné ce jeune maître: son désir de quitter l'Italie, pour une raison inconnue de lui, avait été plus impérieux que toutes les offres d'argent, car on connaissait là-bas aussi la valeur de ce jeune peintre et on savait lui rendre honneur.

«L'homme qui m'était envoyé était un homme calme, taciturne. Je n'ai jamais rien appris sur sa vie; je compris simplement, à partir de vagues allusions, qu'une femme très belle avait joué un rôle douloureux dans son destin et qu'il avait quitté le sol natal à cause d'elle. Et, bien que je n'en aie aucune preuve, et qu'une telle conduite me semble indigne d'un chrétien, hérétique, je pense que ce portrait que vous avez vu, qu'il a peint de mémoire, sans peine et sans préparation, en l'espace de quelques semaines, représente la femme qu'il a aimée. Car, chaque fois que je venais le voir, je le trouvais en train de reprendre toujours le même visage, ce doux visage que vous avez vu, ou perdu rêveusement dans sa contemplation. Et lorsque, l'œuvre une fois achevée, redoutant en secret qu'il eût commis un sacrilège en donnant à la mère de Dieu les traits d'une fille, je lui prescrivis de choisir un autre modèle pour le deuxième tableau, il resta muet. Et le lendemain, quand je vins le trouver, il était parti sans un mot d'adieu. Je me faisais scrupule d'orner l'autel avec ce portrait, mais le prêtre que j'interrogeai à ce sujet me le permit sans la moindre hésitation...

– Et il a eu raison, dit le peintre en intervenant avec une certaine émotion. Car comment pourrions-nous peindre la grâce et la beauté de Notre-Dame si ce n'est en nous inspirant de la beauté de chacune des femmes que nous rencontrons? N'avons-nous pas été formés à l'image de Dieu, et ne faut-il pas, pour représenter la perfection suprême, que la créature la plus achevée soit un reflet, même terne, de l'invisible? Voyez! Moi que vous destinez à réaliser le deuxième tableau, je suis de ces malheureux qui sont incapables de peindre sans le secours de la nature, qui, n'ayant pas le don de créer à partir d'eux-mêmes, doivent laborieusement copier la réalité pour accomplir leur œuvre. Ce n'est pas ma bien-aimée que je choisirais pour donner à la mère de Dieu une apparence digne d'elle, car ce serait un péché de voir l'Immaculée Conception sous les traits d'une pécheresse; mais je me mettrais en quête de la beauté et je représenterais celle dont le visage se rapprocherait le plus pour moi de celui de la Sainte Vierge, telle que je l'ai aperçue dans mes rêves pieux. Et, croyez-moi, les traits d'un pécheur, si vous les reproduisez en vous abandonnant totalement à votre foi, perdent toute impureté, toute trace de convoitise et de péché; et même, le charme de cette pureté merveilleuse continue souvent d'agir sur le visage des femmes de ce monde et de le marquer. Je pense avoir vu personnellement plus d'une fois ce miracle.

– En tout cas, j'ai confiance en vous. Vous êtes un homme mûr qui a beaucoup vécu et souffert, et puisque cela ne vous paraît pas répréhensible...

– Au contraire! Je trouve cela louable, et seuls les protestants et autres sectaires fulminent contre la décoration de la maison de Dieu!

– Sur ce point, vous avez entièrement raison. Cependant, je vous en prie, commencez au plus vite, car ce vœu non respecté brûle en moi comme un péché. Pendant vingt ans je n'ai pas pensé à ce deuxième tableau : ce n'est que récemment, en voyant l'expression tourmentée de ma femme pleurant au chevet de mon enfant malade, que j'ai ressenti cette faute et renouvelé mon vœu. Et, vous le savez, cette fois encore la mère de Dieu a accompli une guérison miraculeuse, là où tous les médecins, désespérés, avaient abandonné. Je vous en prie, ne tardez pas à vous mettre à l'ouvrage.

– Je ferai ce que je pourrai; mais je vous le dis franchement: presque aucune tâche au cours de ma longue carrière ne m'a semblé aussi difficile, car, si elle ne doit pas apparaître comme la composition superficielle d'un barbouilleur à côté du tableau de ce jeune maître – sur le travail duquel je souhaiterais en savoir plus –, il faut que la main de Dieu m'assiste.

– Il ne fait jamais défaut à ses fidèles. Adieu! Et mettez-vous gaiement à la tâche! J'espère que vous viendrez bientôt m'apporter de bonnes nouvelles.

Devant sa porte, le négociant donna au peintre une poignée de main chaleureuse et son regard confiant rencontra des yeux d'un bleu si clair dans ce visage anguleux, à la rudesse germanique, qu'ils évoquaient un lac de montagne lumineux entouré de pics rongés par le temps et de rochers abrupts. L'artiste avait une réplique sur le bord des lèvres, mais il la ravala avec courage et serra énergiquement la main tendue. Les deux hommes se séparèrent dans une profonde compréhension mutuelle.

Le peintre longea lentement le port, comme il y était accoutumé lorsque le travail ne le contraignait pas à rester chez lui. Il aimait ce spectacle tumultueux, riche en couleurs, cette activité intense qui ne cessait jamais, et parfois il s'asseyait sur une bitte d'amarrage, le temps de reproduire la posture étrange d'un travailleur courbé sur sa tâche et pour arracher quelques secrets à l'art difficile du raccourci. Il n'était pas gêné par les appels bruyants des matelots, par le roulement des voitures, ni par la mer qui se jetait contre le rivage avec un balbutiement monotone; il était doté de ce regard qui, s'il ne reflète pas avec éclat quelque vision intérieure, reconnaît cependant dans tous les êtres vivants – si anodins que soient leurs gestes – le rayon de lumière capable d'illuminer une œuvre d'art.

C'est pourquoi il allait toujours là où la vie débordait le plus de couleurs et où elle exhalait une abondance troublante d'attraits divers. Il se promenait parmi les marins d'un pas lent, l'œil aux aguets, sans que personne osât se moquer de lui, car, parmi la foule bruyante et oisive qui se rassemble dans un port – de même que les coquillages vides et les débris de pierres jonchent un rivage –, il attirait l'attention par la tranquillité de son comportement et par son air vénérable.

Mais cette fois-ci il abandonna vite ses recherches. L'histoire du négociant l'avait touché au plus profond de lui-même parce qu'elle lui avait rappelé furtivement son destin personnel, et même la magie de l'art, d'ordinaire si fidèle, ne remplissait pas aujourd'hui son office. Sur tous les visages de femmes, fussent-elles de lourdes pêcheuses, il retrouvait le doux éclat du tableau de la Vierge peint par le jeune maître. Il marcha un moment, indécis, plongé dans ses rêveries, suivant la foule endimanchée; mais bientôt il ne chercha plus à résister à l'envie qui le poussait et, à travers le réseau obscur des rues tortueuses, il se dirigea à nouveau vers l'église, vers le portrait merveilleux de cette femme aux traits si suaves.

Quelques semaines s'étaient écoulées depuis cet entretien au cours duquel le peintre avait promis à son ami d'exécuter le tableau destiné à l'autel de la Madone, et la toile vierge continuait de regarder avec reproche le vieux maître qui en vint presque à la redouter; il préférait désormais passer son temps dans les rues afin de ne pas devoir subir cette cruelle exhortation, ce reproche muet pour son manque de courage. Dans cette vie extrêmement active – trop occupée peut-être pour autoriser une remise en question – un tournant s'était produit le jour où le peintre avait découvert le tableau du jeune maître; l'avenir et le passé s'étaient brusquement ouverts devant lui et le fixaient comme un miroir vide où ne se répandent que l'obscurité et l'ombre. Or, il n'est rien de plus effroyable que le frisson ressenti par une vie qui, après avoir avancé avec courage, et comme elle aperçoit déjà la dernière crête à escalader, est envahie soudain par la peur d'avoir fait fausse route et perd alors la force d'accomplir les derniers pas en avant, pourtant les plus faciles. D'un seul coup, le peintre, qui avait déjà exécuté dans sa vie plusieurs centaines de tableaux religieux, eut l'impression qu'il ne saurait plus jamais représenter la face d'un être humain de telle sorte qu'il lui paraisse à lui-même digne de figurer la nature divine. Il avait recherché toutes sortes de femmes, de celles qui vendaient leur visage le temps qu'on le copie, de celles qui vendaient leur corps, des femmes de bourgeois et de douces jeunes filles dont les traits avaient l'éclat ardent de la pureté intérieure. Mais chaque fois qu'elles se trouvaient devant lui, et qu'il voulait tracer le premier coup de pinceau, il ressentait à quel point elles étaient humaines. Sous la blondeur de l'une il voyait la nonchalance et la gourmandise, chez l'autre le désir effréné, mais contenu, de se livrer aux joies de la lutte amoureuse; il devinait le vide que recouvraient les fronts lisses, étroits et rayonnants des jeunes filles, et il était effrayé par la démarche vulgaire et le roulement de hanches dévergondé des prostituées. Le monde lui apparut d'un seul coup insignifiant, peuplé de tous ces gens qu'il voyait autour de lui: comme si le souffle de la divinité s'était éteint, étouffé par les chairs épanouies de ces femmes sensuelles qui ignoraient tout de la virginité mystique et des doux frissons qu'on éprouve à s'abandonner dans une pureté totale aux rêves d'un autre monde. Il avait honte d'ouvrir les cartons qui contenaient ses œuvres, car il avait l'impression de s'être lui-même comme éloigné de la terre et d'avoir péché en choisissant, pour représenter les servantes du Christ et ses martyrs des maritornes et de grossiers paysans. Des nuages de plus en plus lourds assombrissaient son humeur. Il se revoyait, jeune valet de ferme, marchant derrière la lourde charrue de son père, bien avant qu'il ne se soit enfui vers l'art, et enfonçant de ses mains rudes de paysan la herse dans la terre noire; et il se demandait s'il n'aurait pas mieux fait de semer du blé et d'assurer à des enfants une existence protégée, plutôt que de chercher à s'attaquer de ses doigts malhabiles à des secrets et à des signes qui ne lui étaient pas destinés. Sa vie tout entière lui semblait ébranlée par cette découverte fugitive, par un tableau qui flottait à travers ses rêves et qui faisait la joie et la torture de ses moments de veille. Car il ne lui était plus possible dans ses prières de ressentir la mère de Dieu autrement qu'à travers cette œuvre qui en était un portrait si plein de grâce, et pourtant si éloigné de la beauté de toutes les femmes de ce monde qu'il avait rencontrées, si radieux dans l'éclat de son humilité féminine touchée par la divinité. A la lumière trompeuse du souvenir, l'image de toutes les femmes qu'il avait aimées se fondit dans cette créature merveilleuse. Et, lorsqu'il tenta, pour la première fois, de ne plus prendre des modèles sur le vif, mais de peindre une Madone d'après cette vision qui l'habitait, une Vierge à l'enfant souriant doucement et plongée dans une félicité sans nuages, la main qui tenait le pinceau retomba sans force, comme paralysée. Car la source tarissait, ses doigts, d'ordinaire habiles à exprimer ce que ses yeux voulaient dire, semblaient impuissants face à ce rêve lumineux que son regard intérieur voyait clairement, comme peint sur un mur. Il était consumé par le sentiment douloureux de son incapacité à transposer dans la réalité le plus beau et le plus constant de ses rêves, si la réalité elle-même, avec son infinie richesse, ne lui venait pas en aide. Et il se demandait avec inquiétude si, dans ces circonstances, il pouvait encore se considérer comme un artiste, et si, tout au long de sa vie, il n'avait pas simplement été un artisan laborieux qui s'était contenté de juxtaposer des couleurs, ainsi qu'un charretier apporte les pierres nécessaires à la construction d'un édifice.

Cette torture qu'il s'infligeait à lui-même ne lui laissait pas un seul jour de répit et le poussait avec une force irrésistible à quitter son atelier, où la toile vide et le matériel soigneusement préparé le poursuivaient, telles des voix sarcastiques. Il voulut plus d'une fois confesser sa détresse au négociant. Mais il redoutait que cet homme, malgré sa piété et sa bienveillance, ne le comprenne jamais tout à fait et ne voie là qu'une grossière dérobade, au lieu de croire en son incapacité à entreprendre une œuvre comme il en avait déjà accompli tant, à l'approbation générale des peintres et des profanes. Et ainsi il errait sans répit, désemparé, à travers les rues, pris d'un effroi secret chaque fois que, sous l'effet du hasard ou d'une magie cachée, sa déambulation rêveuse s'achevait devant cette église, comme s'il était attaché à ce tableau par un lien invisible ou par une force divine qui régissait son âme, même en rêve. Il entrait parfois, avec l'espoir secret qu'il pourrait découvrir un défaut, une imperfection, et que le charme serait rompu. Mais, parvenu devant la création du jeune maître, il oubliait entièrement d'en jauger avec envie les qualités artistiques et techniques; il avait au contraire l'impression qu'elle le transportait dans un bruissement d'ailes jusqu'aux sphères élevées d'une jouissance et d'une vision plus douces et plus radieuses. Ce n'est qu'au moment où il quittait l'église et où il commençait à penser à lui-même et à ses propres peines qu'il retrouvait l'ancienne douleur, deux fois plus aiguë.

Un après-midi, alors qu'il errait à nouveau à travers les rues lumineuses, il sentit que les doutes qui le torturaient s'apaisaient. Du sud parvenaient les premiers souffles d'un vent printanier qui renfermait non pas certes la chaleur, mais la clarté porteuse de renouveau. Pour la première fois, il sembla au peintre que la grisaille, dont il avait revêtu le monde sous l'effet de son propre tourment, se dissipait et que la grâce de Dieu murmurait dans son cœur, comme toujours lorsque le miracle de la résurrection s'annonçait par des signes fugitifs. Un clair soleil de mars faisait briller tous les toits et les rues, les banderoles flottaient, multicolores, dans le port dont l'eau bleue apparaissait entre les bateaux qui se balançaient doucement, et la ville, toujours bruyante, était remplie d'un bourdonnement semblable à un chant d'allégresse.

Un piquet de cavaliers espagnols traversait la place au trot; au lieu de leur lancer des regards hostiles comme à l'accoutumée, on se réjouissait aujourd'hui des reflets du soleil sur leurs armures et sur leurs casques resplendissants. Sous les coiffes blanches des femmes que le vent espiègle relevait apparaissaient des visages frais et colorés. Le pavé résonnait du bruit sec des sabots des enfants qui se tenaient par la main et dansaient une ronde en chantant.

Même dans les rues du port, d'ordinaire si sombres, vers lesquelles se dirigeait maintenant le promeneur à l'humeur de plus en plus joyeuse, vacillait une faible lueur, semblable à des gouttes de lumière. Le soleil ne parvenait pas à montrer entièrement sa face étincelante à travers les toits à pignon qui s'inclinaient, serrés les uns contre les autres et dont l'apparence noire et froissée évoquait les très anciennes coiffes de petites vieilles constamment occupées à bavarder. Mais cette lumière miroitante se transmettait d'une fenêtre à l'autre, comme si des mains scintillantes la saisissaient et se la lançaient dans un jeu exubérant. En plus d'un endroit, cette lumière restait tranquille et douce, semblable à un œil rêveur aux premières heures du crépuscule. Car en bas, la rue était plongée dans l'obscurité, une obscurité qui stagnait là depuis des années, et n'était que rarement recouverte en hiver d'un manteau de neige. Et ceux qui y habitaient portaient dans leurs yeux l'ennui et la tristesse que générait ce perpétuel crépuscule. Seuls les enfants, dont l'âme aspirait à la lumière et à la clarté, se laissaient séduire en toute confiance par ce premier rayon printanier; ils jouaient, légèrement vêtus, sur le pavé sale et inégal, ravis, dans leur inconscience, par l'étroite bande bleue qui perçait entre les toits et par les volutes dorées et dansantes du soleil.

Le peintre marchait, marchait, sans ressentir de fatigue. C'était comme s'il participait lui aussi secrètement à cette allégresse, comme si l'éclat fugitif de chaque étincelle de soleil était un rayon de la grâce divine qui parvenait à son cœur. Toute amertume avait disparu de son visage pénétré d'une lumière si douce et si apaisante que les enfants levaient les yeux, surpris, au milieu de leurs jeux et le saluaient avec respect, croyant avoir affaire à un prêtre. Il marchait, marchait, sans but ni dessein, car ses membres obéissaient à l'impulsion toute nouvelle du printemps, de même que les bourgeons pleins de vigueur cognent contre l'écorce des vieux arbres qui craquent pour qu'elle les laisse s'épanouir au grand jour. Sa démarche était aussi joyeuse et légère que celle d'un jeune homme; elle semblait devenir plus alerte, plus vive, et, bien qu'il cheminât déjà depuis des heures, il avançait d'un pas souple et rapide.

Soudain le peintre s'arrêta, comme pétrifié, et mit sa main devant ses yeux pour les protéger, ainsi qu'une personne blessée par un éclair ou par quelque événement effrayant et incroyable. Alors qu'il regardait une fenêtre baignée de soleil, ses yeux venaient d'être frappés de plein fouet par la réverbération de la lumière. Et à travers ce nuage de pourpre et d'or il avait vu, se détachant sur le voile écarlate mouvant, une apparition étrange, un prodigieux mirage: la Madone du jeune peintre, inclinée en arrière avec une expression rêveuse et légèrement douloureuse, comme sur le tableau. Il frémit, la peur cruelle de la déception se mêla en lui au frisson d'ivresse bienheureuse d'un homme touché par la grâce, à qui la vision merveilleuse de la mère de Dieu n'est pas apparue dans l'obscurité d'un rêve, mais en plein jour, miracle dont beaucoup ont témoigné, mais auquel peu ont vraiment assisté. Il n'osait pas encore relever les yeux, parce qu'il ne se sentait pas assez fort pour porter sur ses épaules tremblantes l'instant bouleversant et fatal du verdict, parce qu'il redoutait que cette seconde à elle seule ne broie son existence de façon encore plus terrible que ne l'avait fait la torture impitoyable à laquelle le soumettait l'abattement de son cœur. C'est seulement au moment où son pouls redevint plus lent et plus calme, et où il n'en ressentit plus le martèlement douloureux dans sa gorge, qu'il se ressaisit; il leva alors avec lenteur les yeux, en les protégeant de sa main tremblante, vers la fenêtre dans l'encadrement de laquelle il avait vu cette image si séduisante.

Il s'était trompé. Ce n'était pas le modèle du tableau du jeune maître. Mais sa main n'en retomba pas pour autant découragée. Car ce qu'il aperçut lui sembla un autre miracle, mais un miracle beaucoup plus charmant, plus doux et plus humain qu'une apparition divine survenant dans la lumière fulgurante d'un moment de grâce. Cette jeune fille pensive accoudée à l'appui étincelant de la fenêtre ne ressemblait que de loin, de très loin, au portrait de l'autel. Son visage était également encadré de boucles noires et sa beauté avait la même pâleur mystérieuse et fantastique; mais ses traits étaient plus durs, plus tranchants, presque courroucés, et le contour de sa bouche exprimait une colère rebelle, pleine de larmes, que ne parvenait même pas à atténuer l'expression perdue de ses yeux rêveurs, où se lisait une tristesse ancienne et profonde. Cette inquiétude refrénée avec peine recouvrait à la fois une espièglerie enfantine et une souffrance héréditaire et enfouie. Il y avait dans son immobilité un calme qui pouvait à tout moment se transformer en emportement, quelque chose d'étrange, de fantastique qu'une douce rêverie ne parvenait pas à dissimuler. Et le peintre sentit, à une certaine tension dans ses traits, que sous cette enfant perçait déjà une de ces femmes qui vivent leurs rêves et ne font qu'un avec leurs désirs, qui s'accrochent de toutes les fibres de leur âme à ce qu'elles aiment et qui meurent lorsqu'on le leur arrache. Mais ce qui le surprit, plus encore que la singularité, l'étrangeté de ce visage, ce fut ce miracle de la nature qui, dans les reflets de la fenêtre, faisait resplendir derrière la tête de la jeune fille les feux du soleil ainsi qu'une auréole autour de ses cheveux noirs et bouclés, étincelants comme de l'acier. Et il crut voir la main de Dieu qui lui désignait ainsi le moyen d'accomplir son œuvre d'une manière satisfaisante et honorable.

Un charretier heurta brutalement le peintre perdu dans sa contemplation au beau milieu de la rue.

– Par le sang de Dieu! Ne pouvez-vous pas faire attention? Ou bien la belle Juive a-t-elle jeté un charme au vieillard que vous êtes, pour que vous demeuriez ainsi bouche bée, comme un butor, à bloquer le chemin?

Le peintre sursauta, effrayé; mais il ne se sentait pas offensé par ce ton trivial, car seul lui importait ce que venait de lui apprendre ce compagnon grossier et mal vêtu. Il lui adressa la parole, stupéfait.

– C'est une Juive?

– Je ne sais pas, mais c'est ce qu'on dit. En tout cas, ce n'est pas l'enfant de ces gens, ils l'ont trouvée, ou on la leur a amenée. Peu m'importe, ma curiosité n'a jamais eu à en souffrir, et ça ne se produira pas de sitôt. Demandez au patron lui-même si vous voulez, il saura sûrement mieux que moi d'où elle lui vient.

Le «patron» qu'il avait mentionné était un aubergiste; il possédait une de ces tavernes étouffantes et enfumées où l'animation et le bruit ne cessent jamais tout à fait parce que des joueurs et des marins, des soldats et des désœuvrés prennent là leurs quartiers et n'en bougent quasiment plus. Large, le visage bouffi mais bon enfant, il se trouvait sur le pas de son étroite porte, telle l'enseigne qui invite à la franchir. Sans hésiter, le peintre se dirigea vers lui. Ils entrèrent dans la taverne; le peintre s'installa dans un coin à une des tables de bois tachées, un peu troublé et agité, et, lorsque l'hôte posa devant lui le verre qu'il avait demandé, il le convia à s'asseoir un instant; à voix basse, afin de ne pas attirer l'attention de quelques marins déjà éméchés qui braillaient à la table voisine, il exposa l'objet de sa requête. Il parla rapidement, mais en des termes qui trahissaient une grande émotion, du signe qui lui était apparu et il pria finalement l'aubergiste qui l'écoutait, très étonné, et faisait des efforts manifestes pour suivre le peintre avec son intelligence lente, embrumée par le vin, de permettre à sa fille de poser comme modèle pour un portrait de la Vierge. Le peintre n'oublia pas de préciser qu'en donnant son autorisation le père participait lui aussi à cette œuvre pieuse, et il signala à plusieurs reprises qu'il était prêt à le dédommager en argent comptant.

L'aubergiste ne répondit pas tout de suite, mais il ne cessait de remuer son doigt épais dans ses narines larges et dilatées. Enfin il se mit à parler.

– Il ne faut pas que vous me preniez pour un mauvais chrétien, par Dieu non! mais les choses ne sont pas aussi simples que vous le pensez. Car, si j'étais le père et si je pouvais dire à mon enfant: Va, et fais ce que je t'ordonne, croyez-moi, notre affaire serait déjà réglée. Mais, avec cette enfant, c'est différent... Tonnerre! Qu'est-ce qui se passe là-bas!

Il avait bondi, furieux, car il n'aimait pas être dérangé lorsqu'il parlait. A l'autre table, un homme martelait le banc comme un fou avec son pichet vide et en réclamait un autre. Avec humeur, l'aubergiste le lui arracha des mains et alla le servir en réprimant un juron. Il prit en même temps une bouteille et un verre, les posa sur la table de son hôte et remplit les deux verres. Il vida le sien d'un trait et, comme requinqué, essuya sa moustache broussailleuse et se remit à parler.

– Je vais vous dire d'où me vient cette jeune Juive. J'étais soldat, là-bas, en Italie, puis en Allemagne. Un bien mauvais métier, je vous le dis, aussi mauvais aujourd'hui qu'hier. Je n'en pouvais plus et je m'apprêtais à traverser le pays pour rentrer chez moi et choisir un métier honorable, car il ne me restait vraiment pas grand-chose; le butin file entre les doigts, et je n'avais jamais été pingre. Je me trouvais alors dans une ville allemande; je venais d'arriver quand, un soir, se produisit un grand tumulte. Je ne sais plus pourquoi, mais la population s'était ameutée pour assommer les Juifs, et je suivis, attiré par l'espoir de tirer quelque profit, et curieux aussi de voir ce qui allait se passer. Tous étaient déchaînés, on assaillait, on assassinait, on pillait, on violait et les gars poussaient des cris de plaisir et de convoitise. J'en eus bientôt assez et je m'arrachai à la foule, car je ne voulais pas disputer le butin à des filles et voir ma loyale épée de combat souillée par du sang de femme. Je prends donc une petite rue pour rentrer chez moi, quand un vieux Juif à la longue barbe frémissante et au visage hagard se précipite sur moi. Il portait dans ses bras un petit enfant qui venait de se réveiller en sursaut et, tout bredouillant, il déversa sur moi un flot de paroles dans son jargon de Juif auquel je ne compris rien, si ce n'est qu'il m'offrait beaucoup d'argent si je les sauvais tous les deux. L'enfant qui me fixait de ses grands yeux effrayés me faisait vraiment pitié, et le marché semblait correct; je recouvris donc l'homme de mon manteau et je les conduisis à mon logement. Il y en avait bien dans les rues qui auraient eu grande envie de s'en prendre au vieux, mais j'avais l'épée à la main et ils ne touchèrent ni à l'un ni à l'autre. Je les amenai chez moi et, parce que le vieillard m'en conjura à genoux, je quittai le soir même la ville, qui fut mise à feu et à sang jusque tard dans la nuit. De loin nous vîmes encore les lueurs de l'incendie que le vieux regardait fixement, d'un air désespéré, tandis que l'enfant continuait à dormir paisiblement. Nous ne sommes pas restés longtemps tous les trois ensemble : le vieillard tomba gravement malade au bout de quelques jours et expira en chemin. Auparavant il me donna tout l'argent qu'il avait ramassé en s'enfuyant, ainsi qu'une feuille couverte de signes bizarres que je devais remettre à un changeur d'Anvers dont il m'indiqua le nom. En mourant, il me confia sa petite-fille. Je vins ici et je montrai la lettre qui produisit un effet étrange : le changeur me donna une somme importante, plus que je ne m'y étais attendu. J'en fus très heureux, car ainsi je pus mettre fin à ma vie d'errance ; je m'achetai cette maison et cette taverne et j'oubliai rapidement l'époque folle de la guerre. Je gardai l'enfant : elle me faisait pitié, et puis, en vieux célibataire, j'espérais que, lorsqu'elle serait grande, elle s'occuperait de la maison. Mais les choses prirent une autre tournure.

« Ses journées entières, elle les passe ainsi que vous l'avez vue. Debout à la fenêtre, à regarder fixement en l'air ; elle n'adresse la parole à personne et ne répond qu'avec crainte ; on dirait qu'elle courbe l'échine, comme si on allait la battre. Elle ne parle jamais aux hommes. Au début, je pensais qu'elle m'aiderait ici, dans ma taverne, et qu'elle m'attirerait plus d'un chaland, comme le fait la fille de l'aubergiste en face, qui plaisante avec les clients et les enflamme si bien qu'ils vident verre sur verre. Mais celle-ci fait des manières : si jamais on la touche, elle se met à pousser des cris et se rue vers la porte. Et si je la cherche, je suis sûr de la trouver recroquevillée quelque part dans un coin, pleurant à fendre l'âme, au point qu'on pourrait croire qu'il lui est arrivé Dieu sait quel malheur. Quelle curieuse créature !

– Dites-moi (le peintre interrompit son interlocuteur qui devenait de plus en plus pensif), est-elle encore juive ou a-t-elle été convertie?

L'aubergiste se gratta la tête d'un air embarrassé.

– Vous savez, commença-t-il alors, j'étais soldat, et je ne peux pas vraiment me prétendre chrétien. J'allais rarement à l'église, et je n'y vais pas davantage maintenant, même si je le regrette. Et puis je me suis toujours trouvé trop sot pour convertir cette enfant. Je n'ai jamais véritablement essayé, car j'avais l'impression que ce serait peine perdue avec un être aussi récalcitrant. On m'a déjà une fois mis les prêtres aux trousses, et on a cherché à me faire peur ; je leur ai dit d'attendre jusqu'à ce qu'elle soit douée de raison. Mais on en est semble-t-il encore loin, bien qu'elle ait aujourd'hui quinze ans passés – car elle est perdue dans ses rêves et pleine d'obstination. Qui peut s'y retrouver avec ces Juifs, ce sont des gens si étranges! Le vieux m'avait l'air bon, et elle n'est pas mauvaise non plus, même s'il est terriblement difficile de l'approcher. Pour ce qui concerne votre affaire, qui est loin de me déplaire parce que je pense qu'un honnête chrétien n'en fera jamais assez pour le salut de son âme et que tous les efforts seront pesés un jour... je vous le dis ouvertement, je n'ai pas vraiment de pouvoir sur cette enfant, car, lorsqu'elle vous regarde de ses grands yeux noirs, on n'a pas le courage de lui faire du mal. Mais vous verrez bien. Je vais l'appeler.

Il souleva son corps massif, se remplit un autre verre qu'il vida debout et traversa d'un pas lourd la taverne où quelques nouveaux marins venaient d'entrer, leurs courtes pipes en terre blanche exhalant une fumée opaque. Il leur serra familièrement la main, leur versa à boire et échangea avec eux des plaisanteries triviales. Puis il se rappela ce qu'il voulait faire et le peintre l'entendit gravir l'escalier avec lenteur.

Il était dans une disposition d'esprit très étrange. La confiance bienheureuse qu'avait fait naître en lui ce moment d'émotion commençait à se troubler dans la lumière de plus en plus diffuse de cette taverne. La poussière de la rue et une épaisse fumée noire se déposaient sur l'image rayonnante de son souvenir. Et sans cesse revenait la peur confuse de commettre un péché en élevant sur le trône de ses rêves pieux cette humanité grasse et bestiale qui se confondait partout avec les représentantes terrestres d'idées si sublimes. Il frémissait en pensant aux mains qui allaient lui remettre l'offrande vers laquelle l'avaient conduit des signes secrets mais manifestes.

L'aubergiste entra à nouveau dans la salle, et dans son ombre massive, large et noire, se dessinait la silhouette de la jeune fille; elle était restée sur le seuil, indécise, effrayée sans doute par la fumée et les braillements, et ses mains fines se cramponnaient au montant de la porte, comme si elle cherchait du secours. Lorsque l'aubergiste lui ordonna rudement d'entrer, son ombre fugitive recula encore davantage dans l'obscurité de la cage d'escalier; mais déjà le peintre s'était levé et avancé vers elle. Dans ses deux mains de vieillard, rudes et pourtant si douces, il prit celles de la jeune fille et lui demanda à voix basse et sur le ton de la confidence, tout en la fixant droit dans les yeux:

– Ne veux-tu pas t'asseoir un instant auprès de moi?

La jeune fille le regarda d'un air interloqué, profondément surprise par ce timbre grave, empreint de douceur et d'un amour épuré, qu'elle entendait pour la première fois dans la pénombre enfumée de la taverne. Et elle ressentit la douceur de ses mains et la bonté, la tendresse de ses yeux, avec l'effroi délectable de ceux qui ont eu faim d'affection pendant des semaines, des années, et qui un jour la reçoivent de toute leur âme étonnée. L'image de son grand-père mort resurgit brusquement en elle alors qu'elle embrassait du regard la douceur de cette tête aux cheveux de neige, et des cloches oubliées se mirent à tinter dans son cœur; elles sonnèrent tellement fort, avec tant de jubilation à travers toutes ses veines, jusque dans sa gorge, qu'elle ne trouva aucun mot pour répondre. Elle rougit simplement et fit un geste brusque, plein de raideur et de dureté, un signe de la tête violent, presque comme sous l'effet de la colère. Elle suivit l'homme à sa place, remplie d'anxiété et d'espoir, et s'assit à son côté, sans vraiment toucher le banc.

Le peintre se pencha avec tendresse sur elle, sans parler. Le vieux maître voyait soudain clairement la tragédie qui se livrait déjà dans cette si jeune fille, sa solitude et le sentiment fier de sa singularité. Il eût aimé l'attirer à lui et poser un baiser sur son front en signe d'apaisement, pour la bénir, mais il redouta de l'effrayer, et il redouta les autres qui se montraient en riant ce tableau étrange. Il comprenait parfaitement cette enfant, sans avoir entendu un mot de ses lèvres, et une pitié brûlante monta en lui, tel un flux de chaleur, car il connaissait le caractère douloureux de cette révolte qui n'est si dure, si irascible et si menaçante que parce qu'elle est amour, un amour immense, insaisissable, qui veut s'offrir et se sent repoussé. Il lui demanda avec douceur :

– Comment t'appelles-tu, mon enfant ?

Elle leva les yeux vers lui, confiante, mais troublée. Tout était encore trop étrange pour elle, trop inhabituel. Et la timidité mit un léger tremblement dans sa voix quand elle répondit faiblement et en se détournant à moitié :

– Esther.

Le vieil homme sentit cependant qu'elle avait confiance en lui, mais n'osait pas encore le montrer. Et, très doucement, il lui dit :

– Je suis peintre, Esther, et je veux te peindre. Il ne t'arrivera rien de mal ; tu verras chez moi beaucoup de belles choses et nous parlerons peut-être parfois tous les deux, comme de bons amis. Cela ne durera qu'une ou deux heures par jour, aussi longtemps que cela te conviendra. Veux-tu venir chez moi, Esther ?

La jeune fille rougit encore davantage, incapable de répondre. Elle voyait soudain se profiler devant elle des mystères obscurs qu'elle ne savait comment aborder. Elle jeta finalement un regard inquiet et interrogateur sur l'aubergiste qui se tenait à côté, plein de curiosité.

– Ton père le permet et y est même très favorable, s'empressa de dire le peintre. La décision ne dépend que de toi, car je ne veux pas et ne peux pas te forcer. Eh bien, Esther, es-tu d'accord ?

Il lui tendit sa grande main hâlée de paysan, d'un air engageant. Elle hésita un instant, puis, timidement et sans un mot, elle posa en signe d'assentiment sa petite main blanche dans celle du peintre qui l'enserra une seconde ainsi qu'une proie. Puis il la relâcha en la regardant avec bienveillance. Etonné de la conclusion rapide de cette affaire, l'aubergiste fit venir quelques marins des tables voisines pour leur montrer cet étrange événement. Mais la jeune fille, confuse de se sentir le centre de l'intérêt général, se leva brusquement et se précipita vers la porte, tel un éclair. Tous la suivirent des yeux avec surprise.

– Sapristi, dit l'aubergiste, vous avez accompli là un prodige. Farouche comme elle est, je n'aurais jamais cru qu'elle accepterait!

Et, comme pour corroborer ses dires, il vida un autre verre. Le peintre, qui commençait à se sentir mal à l'aise au milieu de ces gens à l'attitude de plus en plus familière, jeta de l'argent sur la table, régla tous les détails avec l'aubergiste et lui serra la main avec reconnaissance; mais il se hâta de quitter la taverne dont la fumée et le bruit l'écœuraient, et dont les occupants ivres et braillards lui inspiraient un profond dégoût.

Lorsqu'il se retrouva dans la rue, le soleil avait déjà baissé et le ciel baignait dans un crépuscule d'un rose mat. La soirée était douce et pure. Le vieil homme rentra chez lui d'un pas lent en songeant à ces événements qui lui paraissaient aussi étranges et aussi apaisants qu'un rêve. Son cœur était pénétré d'un sentiment de religiosité, et il se mit à frémir de bonheur quand il entendit une première cloche appeler les fidèles à la prière, bientôt suivie par celles de tous les clochers à la ronde qui, avec leur timbre clair ou grave, sourd ou joyeux, sonore ou à peine audible, évoquaient les hommes en proie à la joie, au souci, à la douleur. Il lui semblait certes incroyable qu'un être, qui pendant toute une vie avait suivi simplement dans l'obscurité le droit chemin, soit embrasé sur le tard par la douce lumière d'un miracle divin, mais il n'osait plus douter; cet éclat d'une grâce rêvée l'accompagna sur le chemin du retour à travers les rues de plus en plus obscures jusque dans une veille pleine de joie et dans un rêve merveilleux...

Plusieurs jours avaient passé, et la toile était encore vierge sur le chevalet du maître. Mais ce n'était plus le découragement qui enchaînait ses mains; c'était une réelle confiance intime, qui ne tient plus compte de l'écoulement des jours, qui ne se hâte pas, mais se berce dans une bienheureuse quiétude et une force contenue. Esther était venue, effarouchée et troublée il est vrai; mais bientôt elle s'abandonna davantage, elle devint plus douce, plus simple au fur et à mesure qu'elle se réchauffait à la lumière de la bonté paternelle qui semblait émaner de l'âme de cet homme simple et respectable. Ils n'avaient fait que rester ensemble à bavarder, comme des amis qui se rencontrent après de longues années et veulent pour ainsi dire refaire connaissance avant de redonner la même intensité aux paroles cordiales qu'ils échangeaient autrefois et de retrouver la qualité des heures partagées jadis. Et bientôt une nécessité secrète lia ces deux êtres, si différents et pourtant si semblables par une certaine ingénuité des sentiments. L'un, à qui l'existence avait appris qu'elle n'était au plus profond d'elle-même que clarté et silence, était un homme d'expérience que tous ces jours, toutes ces années, avaient rendu modeste. L'autre n'avait pas encore conscience de la vie, parce qu'elle s'était enveloppée dans le tissu obscur de ses rêves et qu'elle accueillait de toute son âme le premier rayon provenant de ce monde de lumière et le reflétait en un éclat uni et paisible. Ils étaient tous deux solitaires parmi les hommes; cela les rendit très proches l'un de l'autre. La différence de sexe n'avait aucune importance. Chez l'un, cette pensée s'était éteinte et ne projetait plus sur sa vie que les dernières lueurs de souvenirs apaisants, et la jeune fille n'avait pas encore éprouvé la sensation confuse de sa féminité, qui ne se manifestait que par une douce langueur, très incertaine et inquiète, ignorante encore de ses desseins. Il subsistait entre eux une mince cloison, mais déjà ébranlée, celle de la différence de race et de religion. C'était l'atavisme, qui obligeait à se regarder toujours en étranger, en ennemi, à faire preuve d'une méfiance que seul un moment de passion pourrait vaincre. N'eût été cet obstacle dont elle n'avait pas conscience, la jeune fille, en qui l'amour, un amour préservé et très noble, aspirait à s'exprimer enfin, se serait depuis longtemps jetée en pleurant dans les bras du vieil homme et lui aurait confessé ses angoisses secrètes et ses aspirations naissantes, l'exultation et les souffrances de ses journées solitaires. Mais dans ces conditions elle ne trahissait ce que son âme avait de plus secret que par des regards, des silences, des gestes inquiets et des allusions; car chaque fois qu'elle sentait que tout son être voulait affluer à la lumière et que ses sentiments les plus intimes étaient prêts à se révéler dans un débordement de paroles, une force mystérieuse la saisissait et les retenait, telle une main invisible. Et le vieil homme n'oubliait pas non plus ceci: les Juifs qu'il avait côtoyés pendant sa vie ne lui avaient certes pas inspiré de haine, mais il les avait perçus comme des étrangers. Il hésitait à commencer le tableau, car il espérait que cette jeune fille avait été mise sur son chemin pour être convertie à la vraie foi. Il ne devait pas être l'objet du miracle: c'était lui qui devait l'accomplir. Il voulait retrouver dans le regard d'Esther le désir profond qu'avait dû éprouver la mère de Dieu en personne lorsqu'elle attendait la venue du Sauveur dans une angoisse pleine de félicité. Il souhaitait qu'elle fût d'abord pénétrée par la foi afin de pouvoir créer une Madone dans laquelle le frisson de l'annonciation s'unirait déjà à une douce confiance dans l'accomplissement. Il imaginait autour d'elle un paysage suave de printemps précoce, des nuages blancs voguant à travers les airs tels des cygnes, qui tireraient derrière eux, attachée par des fils invisibles, la chaleur du printemps; il imaginait un vert jeune et tendre, aspirant à la résurrection et des fleurs timides qui, semblables à de grêles voix enfantines, annonçaient la béatitude. Mais il trouvait les yeux de l'enfant encore trop effarouchés, et trop résignés. La flamme mystique de l'annonciation et de l'abandon à une promesse obscure ne parvenait pas encore à s'allumer dans ce regard inquiet sur lequel continuait de peser la douleur profonde et voilée du peuple élu, et où flamboyait aussi parfois le défi de ceux qui se sont querellés avec leur Dieu. Ces yeux ne connaissaient encore ni l'humilité ni la douceur de l'amour céleste.

Il chercha avec soin et prudence des moyens pour amener le cœur de la jeune fille plus près de la foi. Il savait bien que s'il la lui présentait dans tout l'éclat de sa splendeur, comme un ostensoir où le soleil scintille de mille feux, elle ne tomberait pas à genoux en frissonnant, mais se détournerait au contraire d'un geste dur afin de ne pas voir le symbole ennemi. De nombreuses peintures inspirées de l'histoire sainte reposaient dans ses cartons, les siennes et beaucoup d'autres, dues à de grands maîtres, qu'il avait reproduites, durant son apprentissage et maintes fois par la suite, inspiré par une vive admiration. Il sortit ces œuvres et ils les contemplèrent, épaule contre épaule. Il prit très vite conscience de la profonde impression que nombre d'entre elles produisaient sur l'âme d'Esther, à sa façon inquiète de tourner les feuilles et à sa respiration rapide dont il sentait le souffle brûlant sur ses joues. Un univers de beauté, de couleurs, surgissait ainsi devant les yeux de cette jeune fille solitaire qui depuis des années n'avait vu que les clients bouffis de la taverne, les visages ridés de vieilles femmes en noir, la saleté et la grossièreté des gamins des rues criards et bagarreurs.

Elle découvrait ici des dames paisibles, d'une beauté envoûtante, revêtues de merveilleux habits, il y en avait de tristes et de fières, de lascives et de rêveuses. Des chevaliers dans leur armure ou en long habit d'apparat plaisantaient et bavardaient avec ces dames. Il y avait des rois aux longs cheveux blancs ondulés, coiffés d'une couronne dorée resplendissante, et de beaux jeunes gens dont le corps transpercé de flèches s'affaissait sur le poteau du martyre ou perdait dans les tortures des flots de sang. Un pays étranger qu'elle ne connaissait pas et qui lui procurait une douce émotion se révélait aux yeux d'Esther. Elle eut comme un souvenir inconscient du pays natal en voyant les palmiers verts, les grands cyprès, et un ciel d'un bleu étincelant posé avec le même éclat intense au-dessus du désert, des montagnes, des villes et des lointains, et qui paraissait beaucoup plus léger et plus joyeux que ce ciel septentrional, semblable à un immense et éternel nuage gris.

Peu à peu il lui raconta de brèves histoires. Il lui expliqua les tableaux en lui narrant les légendes simples et si poétiques de l'Ancien Testament, il parla des miracles et des signes de ces temps sacrés avec une telle ardeur qu'il en oublia ses intentions et exprima en la parant de teintes extatiques la foi confiante que lui avait inspirée la grâce entrevue ces derniers jours. La croyance enthousiaste de ce vieil homme bouleversa profondément le cœur de la jeune fille; elle se sentait elle-même comme introduite dans un pays merveilleux surgi brusquement de l'obscurité et dont toutes les portes se seraient ouvertes. Sa vie vacillait sur ses bases, elle s'éveillait, passant de la nuit la plus profonde à une aurore pourprée.

Rien ne lui paraissait incroyable après les événements étranges qu'elle avait vécus elle-même, ni la légende de l'étoile argentée derrière laquelle marchaient trois rois venus de pays lointains, avec des chevaux et des chameaux chargés d'un flot scintillant d'objets précieux, ni le fait qu'un mort, touché par une main qui l'avait béni, revînt à la vie, car il lui semblait qu'agissait en elle la même force miraculeuse. Bientôt les tableaux furent délaissés. Le vieil homme fit le récit de sa vie, et il associa plus d'un signe divin qui avait traversé celle-ci aux légendes de l'Écriture. Beaucoup de choses qu'il avait enveloppées dans le tissu de ses rêves au cours des jours silencieux de sa vieillesse jaillissaient maintenant en pleine lumière à travers ses paroles, et cela l'étonnait lui-même, comme un objet étrange que l'on reçoit avec circonspection de la main d'autrui. Il ressemblait à un prédicateur qui, à l'église, commence son sermon en citant une parole de Dieu pour l'expliquer et en éclairer le sens; mais bientôt il oublie son auditoire et son propos, et s'abandonne simplement à l'obscure volupté de laisser se répandre en des paroles profondes le bruissement des sources de son cœur, comme dans un calice renfermant toute la douceur et la sainteté de la vie. Et au-dessus du bas peuple des auditeurs interdits, qui, ne pouvant plus accéder à son univers, grognent et échangent des regards stupéfaits, sa parole vole de plus en plus haut; elle monte presque jusqu'aux cieux, oubliant, dans son rêve audacieux, la pesanteur terrestre qui tout à coup s'accroche à ses ailes, telle une masse de plomb...

Soudain le peintre regarda autour de lui, comme si bruissait encore le brouillard pourpre de ses mots extasiés. La réalité lui apparut dans la froideur de ses enchaînements logiques. Mais ce qu'il vit était aussi beau qu'un songe.

Esther était assise à ses pieds, et elle le contemplait. Doucement appuyée contre son bras, et fixant ses yeux calmes et d'un bleu si pur dans lesquels tant de lumière s'était soudain rassemblée, elle s'était peu à peu laissée glisser, sans qu'il le remarquât dans l'élan qui le rapprochait de Dieu, et elle était maintenant accroupie à ses genoux, le regard levé vers lui. Des paroles venues de sa prime enfance bourdonnaient confusément dans sa tête, des mots que son père, en long habit de cérémonie noir, les épaules recouvertes de son châle blanc à franges, lisait certains jours dans un vieux livre vénérable et qui vibraient eux aussi avec la même solennité, empreints de la même ferveur. Un monde qu'elle avait perdu et dont elle ne savait presque plus rien resurgit, paré de teintes crépusculaires, et elle fut remplie d'une douloureuse nostalgie. Et, lorsque le vieil homme se pencha vers ces yeux bouleversants, brillants de larmes, et embrassa le front d'Esther, il sentit un sanglot qui secouait d'une fièvre sauvage ses tendres membres d'enfant. Et il se méprit. Car il crut que le miracle s'était accompli et que Dieu, en un moment solennel, avait donné à sa parole, habituellement simple et laconique, les ardentes langues de feu de l'éloquence, ainsi qu'il l'avait fait jadis pour les prophètes quand ils allaient au-devant du peuple. Il pensa que ce frisson exprimait le bonheur anxieux et encore timide de celle qui avait trouvé le chemin de la vraie foi, porteuse de toutes les félicités, et tremble, vacille, comme la flamme d'une torche qu'on allume s'élève dans les airs, incertaine, mal assurée, puis retombe avant de briller d'un éclat pur et paisible. Cette erreur le combla d'allégresse: il s'imagina sur le point d'atteindre d'un seul coup son but le plus éloigné. Ses paroles prirent une tournure solennelle.

– Je t'ai raconté des miracles, Esther! Bien des gens disent que ce sont des choses des temps anciens, mais moi je sens et je dis qu'il y en a encore aujourd'hui, mais qu'ils sont simplement plus secrets, et ne se produisent que dans l'âme de celui qui les attend. Ce qui s'est passé entre nous est un miracle, mes paroles et tes larmes sont l'œuvre d'une main invisible qui les a fait jaillir de notre aveuglement, c'est une illumination miraculeuse. Puisque tu m'as compris, tu es déjà des nôtres; dès l'instant où Dieu t'a fait le présent de ces larmes, tu es devenue chrétienne...

Il s'interrompit, étonné. Car à ce mot Esther s'était relevée brusquement, les mains tendues en signe de refus, comme pour repousser cette pensée. On voyait flamboyer dans ses yeux l'effroi et aussi ce défi indomptable et courroucé dont on avait parlé au peintre.

Elle était belle en cet instant où la dureté de ses traits devenait l'expression du défi et de la colère; les contours de sa bouche étaient nets comme des entailles et ses membres tremblants avaient les gestes d'un chat prêt à se défendre. Toute l'ardeur qui bouillonnait en elle explosa dans cette seconde de résistance farouche...

Puis le calme revint. Elle se sentit honteuse de la violence de cette défense muette. Mais le mur qu'avaient illuminé les rayons d'un amour transcendant se dressait à nouveau, noir et haut, entre eux. Il y avait de la froideur, de l'inquiétude et de la confusion dans le regard d'Esther, il n'y avait plus ni colère ni confiance, la réalité avait pris le pas sur les frémissements d'une nostalgie mystique. Ses mains retombèrent sans force le long de son corps gracile, pareilles à des ailes qui bruissent haut dans les airs et sont brisées en plein vol. La vie était encore pour elle une belle et étrange énigme, mais elle n'osait plus aimer le songe dont elle avait été tirée de façon si foudroyante.

De son côté, le vieux peintre sentit qu'une confiance prématurée l'avait trompé, mais ce n'était pas la première déception de sa longue vie de recherche, qui n'était que fidélité et confiance. Il ne souffrit donc pas; il fut simplement étonné, puis presque joyeux devant la confusion d'Esther. Il prit doucement ses deux petites mains d'enfant, encore brûlantes de fièvre.

– Esther, tu as failli m'effrayer avec ton brusque comportement. Je ne te veux pourtant aucun mal. Ou bien penses-tu le contraire?

Honteuse, elle secoua la tête. Mais pour aussitôt se redresser et ses paroles retrouvèrent presque un accent de défi:

– Je ne veux pas être chrétienne. Je ne le veux pas. Je... (Le mot s'étranglait dans sa gorge, finalement elle le prononça d'une voix étouffée:) Je... je hais les chrétiens. Je ne les connais pas, mais je les hais. Ce que vous m'avez dit sur l'amour qui englobe tous les êtres est plus beau que tous les propos que j'ai jamais entendus dans ma vie. Mais les gens autour de moi se prétendent eux aussi chrétiens, et pourtant ils sont grossiers et violents... Et puis... ce n'est plus très net dans mes souvenirs, il y a trop longtemps de cela... mais, lorsque nous parlions des chrétiens à la maison, c'était avec crainte et avec haine... Tout le monde les détestait... Et moi aussi... Car, chaque fois que je sortais avec mon père, ils nous poursuivaient de leurs cris, et une fois même ils nous jetèrent des pierres... L'une d'elles m'atteignit; je me mis à saigner et à pleurer, mais mon père m'entraîna d'un air apeuré quand j'appelai au secours... Je n'en sais pas davantage à leur sujet... Si, une chose encore... Nos rues étaient sombres et étroites, comme celle où j'habite ici. Il n'y avait que des Juifs... Tandis que, de l'autre côté, la ville était belle. Je l'ai vue un jour du haut d'une maison... Il y avait une rivière qui coulait, si bleue et si limpide, et plus loin un large pont sur lequel marchaient des gens aux vêtements clairs, pareils à ceux que vous m'avez montrés sur les tableaux. Et puis les maisons étaient ornées de statuettes faites avec art, elles étaient toutes dorées, avec des pignons. Au milieu se dressaient des clochers, hauts, ah! si hauts! où chantaient les cloches, et le soleil descendait jusque dans les rues. Tout était si beau... Mais, quand je demandai à mon père de m'emmener dans la ville lumineuse, il devint grave et dit: «Non, Esther, les chrétiens nous tueraient.» Ce mot me remplit d'épouvante... Et depuis lors je hais les chrétiens...

Elle s'interrompit dans ses rêveries, car tout redevenait clair pour elle. Des choses qu'elle avait oubliées depuis longtemps, qui avaient dormi dans son âme, voilées et recouvertes de poussière, resurgissaient, étincelantes. Elle rentrait à la maison en longeant les rues sombres du ghetto. Et d'un seul coup, tout s'enchaîna, tout devint si limpide, elle comprit que ce qu'elle prenait quelquefois pour un rêve était la réalité et son passé. Les paroles affluaient, s'efforçant de traduire les images précises qui se bousculaient dans sa tête.

– Et alors, ce soir-là... On m'arracha soudain du lit... je reconnus mon grand-père qui me tenait dans ses bras, le visage blême et frémissant... Toute la maison était en effervescence et tremblait... L'air était plein de cris et de tapage... Maintenant je commence à me rappeler, j'entends à nouveau ce qu'ils criaient: «Les étrangers, les chrétiens!» C'était mon père qui criait cela, ou bien était-ce ma mère... Je ne sais plus... Mon grand-père me descendit dans l'obscurité à travers des rues et des ruelles toutes noires... Et toujours ce vacarme et ces mêmes cris: «Les étrangers, les chrétiens!» Comment ai-je pu oublier cela?... Et puis un homme avec lequel nous marchons... Je ne sais plus, je crois que je dormais... Lorsque je me réveillai, nous étions loin dans la campagne, mon grand-père et l'homme chez qui je vis... Je ne voyais plus la ville, mais là d'où nous venions le ciel était très rouge... Et nous continuâmes notre route...

A nouveau elle s'interrompit. Les images semblaient se perdre, s'assombrir lentement.

– J'avais trois sœurs... Elles étaient très belles, et tous les soirs elles venaient m'embrasser dans mon lit... Et mon père était grand, tellement grand que je n'arrivais pas jusqu'à lui et qu'il devait me prendre dans ses bras... Et ma mère... Je ne les ai plus jamais revus... Je ne sais pas ce qui leur est arrivé, car mon grand-père détournait les yeux quand je l'interrogeais et gardait le silence... Et, lorsqu'il mourut, je n'osai plus questionner personne...

Elle s'arrêta une fois encore. Un sanglot sortit de sa gorge avec une violence douloureuse. Tout doucement elle ajouta:

– Maintenant je sais tout... Comment tout cela a-t-il pu être aussi obscur pour moi ? J'ai l'impression que mon père est à mes côtés et je crois entendre la réponse qu'il m'avait donnée jadis, tant sa voix résonne clairement à mes oreilles... Désormais je ne poserai plus de questions à personne...

Ses paroles se transformèrent en sanglots, en pleurs muets et désespérés, auxquels succéda un silence profond et mélancolique. La vie dont l'image lumineuse l'avait séduite il y a quelques minutes à peine se découvrait à nouveau béante devant elle, morne et sombre. Le vieil homme avait depuis longtemps oublié ses intentions, son but, abîmé dans la contemplation de cette souffrance. Il se tenait sans mot dire devant Esther, le cœur si serré qu'il aurait voulu s'asseoir auprès d'elle pour exprimer par des larmes ce que les paroles ne parvenaient pas à dire: dans son grand amour de l'humanité il se sentait coupable d'avoir éveillé inconsciemment en elle cette douleur.

Il s'aperçut en frissonnant que, l'espace d'un moment, la plénitude de la grâce et la pire pesanteur s'étaient donné la main et il perçut le flux et le reflux de vagues puissantes, sans savoir si elles allaient exalter sa vie ou l'entraîner vers des profondeurs menaçantes. Mais il se sentait sans énergie face à la crainte, comme face à l'espérance. Il n'éprouvait que de la compassion pour cette jeune vie devant laquelle s'ouvraient encore tant de chemins et de perspectives. En vain il chercha que dire; les mots étaient d'une lourdeur de plomb et rendaient un son faux. Que valaient-ils en comparaison d'un seul souvenir douloureux?

Il passa tristement la main sur la chevelure frémissante d'Esther. Elle leva les yeux, confuse et troublée; d'un geste machinal, elle remit ses cheveux en ordre, puis elle se redressa, laissant errer ses regards autour d'elle, comme s'il lui fallait s'adapter à nouveau à la réalité. Ses traits s'affaissèrent, traduisant sa fatigue, seuls ses yeux flamboyaient encore d'une lueur sombre. Elle se ressaisit brusquement et dit, très vite, pour dissimuler les sanglots qui faisaient encore trembler sa voix:

– Il faut que je m'en aille. Il est tard, et mon père m'attend.

Elle le salua d'un hochement de tête sévère, rassembla ses affaires et s'apprêta à partir. Mais le peintre, qui l'avait observée de son regard assuré et plein de compréhension, la rappela. Elle se retourna avec peine, car dans ses yeux brillait l'éclat humide des larmes. Et à nouveau, de ce geste empreint d'une cordialité irrésistible qui lui était propre, le vieil homme saisit ses deux mains tout en la regardant.

– Je sais, Esther, que tu veux partir maintenant pour ne plus revenir. Tu me crois, et tu ne me crois pas, car tu es abusée par une peur secrète. (Il sentit que les mains de la jeune fille s'abandonnaient peu à peu, confiantes, dans les siennes. Et il poursuivit avec une assurance accrue:) Reviens, Esther. Nous laisserons reposer toutes ces choses, les plus lumineuses comme les plus tristes. Demain nous allons commencer le portrait, et j'ai l'impression que tout ira bien. Ne sois plus triste, laisse dormir le passé, ne le remue pas. Demain, animés d'un espoir nouveau, nous allons entreprendre une nouvelle tâche. N'est-ce pas, Esther?

Elle acquiesça à travers ses larmes. Et elle rentra chez elle, toujours en proie à la même incertitude et la même crainte face à sa vie qu'auparavant, mais avec le sentiment d'une plénitude plus grande et d'un contenu plus riche qu'elle n'avait pensé jusqu'alors.

Le vieil homme resta seul, plongé dans une profonde méditation. Il croyait encore au miracle, mais le miracle dans lequel il avait vu uniquement un jeu de la vie derrière lequel se cachait la main de Dieu lui apparaissait beaucoup plus solennel et plus divin. Il renonça à l'idée de faire rayonner la foi en des promesses mystiques sur le visage d'un être dont l'âme était peut-être déjà trop abattue pour croire encore. Il ne voulut plus faire preuve d'outrecuidance en se faisant le médiateur de Dieu; il se contenterait d'être son modeste serviteur, qui de son mieux s'efforce de créer un tableau, et le dépose avec humilité au pied de l'autel, comme d'autres leur offrande. Il comprit que c'était une faute de se préoccuper des signes, de les rechercher, au lieu d'attendre que leur heure arrive et qu'ils se révèlent à lui...

Son cœur s'enfonça de plus en plus dans l'humilité. Pourquoi avait-il voulu accomplir chez cette enfant un miracle que personne ne lui avait commandé? N'était-ce pas une grâce suffisante que dans sa vie – vide et dépouillée, tel un vieil arbre dont les branches sans feuilles se dressent vers l'azur dans un désir ardent – une autre vie ait pénétré, pleine de jeunesse, qui se blottissait contre lui avec un mélange de crainte et de confiance? La vie lui avait envoyé un miracle, il le sentait bien. Il lui avait été donné d'offrir et de transmettre l'amour qui continuait d'embraser ses vieux jours, de le planter comme une graine destinée à s'épanouir encore en des fleurs merveilleuses. N'était-ce pas là un cadeau suffisant de la part de l'existence? Et Dieu ne lui avait-il pas montré comment il devait le servir? Il avait désiré ardemment un modèle pour son tableau, et il l'avait trouvé. La volonté de Dieu n'était-elle pas qu'il fît le portrait d'Esther, et non qu'il inculquât à son âme une foi qu'elle ne comprendrait peut-être jamais? Son cœur s'enfonçait de plus en plus dans l'humilité.

Le soir envahit sa chambre, et avec lui l'obscurité. Le vieil homme se leva. Il éprouvait un trouble, une angoisse tels qu'il en avait rarement connu dans sa vieillesse, d'ordinaire douce comme un soleil d'automne radieux et frais. Il fit lentement de la lumière. Puis il alla à l'armoire et chercha un vieux livre. Son cœur était las de toute cette agitation. Il prit la Bible, la baisa en tremblant de ferveur; il l'ouvrit et lut très tard dans la nuit...

Le tableau fut commencé. Esther était assise, pensivement penchée en arrière dans un fauteuil moelleux. Tantôt elle écoutait le vieux peintre qui cherchait à la distraire pendant les heures monotones de la pose en lui racontant toutes sortes d'histoires tirées de sa propre vie et de celles des autres. Tantôt elle s'abandonnait à ses rêveries paisibles dans le vaste atelier dont les murs ornés de Gobelins, de tableaux et de dessins ne cessaient d'attirer ses regards. Le travail n'avançait pas vite. Le peintre sentait que toutes les études qu'il traçait n'étaient que des essais et qu'il n'avait pas trouvé l'atmosphère définitive. Il manquait encore quelque chose dans l'idée même de ses esquisses, qu'il était incapable de concevoir nettement ou d'exprimer par des mots, et qu'il percevait pourtant au plus profond de lui avec une telle précision que souvent une hâte fébrile l'entraînait d'une feuille à l'autre. Il les comparait minutieusement, mais il était toujours mécontent, aussi fidèles que soient ses croquis. Il n'en disait rien à Esther, mais il avait l'impression que cette dureté, qui même dans les instants de rêverie sereine s'imprimait sur la bouche de la jeune fille, s'opposait à l'espérance pleine de bonté qui devait transfigurer sa Madone; il lui semblait qu'il y avait encore en elle trop de défi enfantin, qu'elle n'était pas mûre pour porter la douce gravité de l'idée de la maternité. Il avait conscience que ce n'étaient pas des paroles qui viendraient à bout de son air sombre, et que cette dureté ne pouvait être atténuée que de l'intérieur. Mais la tendre émotion féminine ne se manifestait pas sur son visage, même si les premiers jours du printemps jetaient dans la pièce, à travers tous les interstices des fenêtres, les ors flamboyants du soleil et annonçaient la poussée créatrice de tout un monde; même si toutes les couleurs paraissaient devenir à la fois plus douces et plus profondes, ainsi que l'air chaud qui bouillonnait à travers les rues. Finalement le peintre se lassa. Le vieil homme était expérimenté; il connaissait les limites de son art et savait qu'il ne pouvait pas les dépasser. Il abandonna son projet, de la même façon qu'il l'avait conçu, rapidement et en obéissant à l'appel d'une intuition subite. Après avoir confronté les différentes possibilités, il décida de ne pas traduire dans le portrait d'Esther l'idée de l'Annonciation, car son visage ne reflétait pas les frissons liés aux premiers signes d'une féminité qui s'éveille dans la foi; il la représenterait en Vierge à l'enfant, le symbole le plus simple et le plus profond de sa propre religiosité. Il voulut se mettre immédiatement à la tâche, car le découragement menaçait de s'emparer une nouvelle fois de son esprit, l'éclat des merveilles qu'il avait rêvées s'étant peu à peu terni, pour céder la place à une obscurité lourde, pesante. Et, sans en informer Esther, il enleva la toile qui portait quelques traces rapides de tentatives prématurées et la remplaça par une autre, mettant ainsi tout en œuvre pour donner libre cours à sa nouvelle conception du tableau. Le lendemain, Esther était installée comme d'habitude, légèrement penchée en arrière, et elle attendait le commencement d'un travail qui, loin de lui être désagréable, apportait dans le dénuement de ses journées solitaires des paroles précieuses et des instants de bonheur. A sa grande surprise, elle entendit dans la pièce voisine le peintre échanger des propos aimables avec une paysanne dont la voix rude lui était inconnue. Elle écouta avec curiosité, mais ne put rien percevoir de distinct. Bientôt la voix de femme se tut, il y eut un bruit de porte et le vieil homme entra, se dirigea vers elle, portant dans ses bras quelque chose de clair qu'elle n'identifia pas au premier regard. Avec précaution, il posa sur ses genoux un robuste bébé de quelques mois qui s'agita d'abord, inquiet, puis se tint tranquille. Stupéfaite, Esther regarda le vieil homme: elle ne se serait pas attendue à une si étrange plaisanterie de sa part. Mais il se contenta de sourire et de se taire. Et, lorsqu'il vit qu'elle ne voulait pas détourner de lui ses regards empreints d'une anxieuse interrogation, il lui expliqua calmement et avec un accent de prière son intention de la peindre avec l'enfant sur ses genoux. Il mit dans cette prière toute la bonté et toute la cordialité de ses yeux. Sa confiance intime en ce cœur plein d'inquiétude et de foi et l'amour profond que lui inspirait cette jeune étrangère illuminaient ses paroles, et jusqu'à son silence si éloquent.

Le visage d'Esther était empourpré. La honte la torturait. Elle osait à peine jeter un regard oblique sur le petit être nu et épanoui qu'elle tenait à regret sur ses genoux tremblants. Élevée dans l'horreur de la nudité, selon les principes sévères de son peuple, elle regardait avec dégoût et avec une crainte secrète cet enfant plein de joie et de santé qui dormait maintenant d'un sommeil paisible. Elle qui inconsciemment se cachait à elle-même son propre corps avait un frisson de recul au contact de cette chair tendre et rosée, comme si elle commettait un péché. Une peur la hantait, et elle ne savait pas pourquoi. Elle entendait bien l'appel angoissé de voix intérieures, mais elle ne parvenait pas à opposer un non bref et sec aux douces paroles apaisantes de ce vieil homme qu'elle révérait d'un amour de plus en plus grand. Elle sentait qu'elle ne pouvait rien lui refuser. Son silence et ses regards chargés d'une attente impatiente pesaient si lourd sur elle qu'elle aurait pu hurler aveuglément, comme un animal, pousser des cris inarticulés, sans but. Elle fut saisie d'une haine folle à l'égard de cet enfant, tranquillement endormi, qui avait fait irruption dans un de ses rares moments de calme et détruisait son intimité rêveuse. Mais elle se sentait faible et sans défense contre la sagesse bienveillante de ce vieil homme paisible qui dominait l'obscurité profonde de sa vie, pareil à une étoile blanche solitaire. Une fois de plus, comme elle le faisait chaque fois qu'il l'en priait, elle inclina la tête, humble et confuse.

Il cessa alors de parler et se mit à la tâche. Il commença par tracer une esquisse. En effet Esther était encore beaucoup trop inquiète et troublée pour illustrer l'idée profonde de son œuvre. Son expression rêveuse avait entièrement disparu. Il y avait dans ses regards quelque chose de convulsif et de contraint, car elle évitait de voir l'enfant nu endormi sur ses genoux et ne cessait de fixer d'un air morne le mur dont les tableaux et les ornements n'éveillaient en elle aucun intérêt véritable. La peur de devoir toucher le corps de l'enfant imposait à ses mains cette même contrainte, cette raideur. Elle sentait le fardeau peser sur ses genoux sans oser esquisser un geste. Seule une certaine tension sur son visage trahissait de plus en plus ses efforts douloureux, si bien que le peintre, qui ne voyait pourtant là que la marque de la pudeur virginale d'Esther, et non la trace d'un dégoût héréditaire, devina son malaise et interrompit de lui-même la séance de pose. Le bébé continuait à dormir calmement, comme un animal rassasié, et il ne s'aperçut de rien quand le peintre le retira avec précaution des genoux de la jeune fille et le coucha sur le lit de la pièce voisine. Il y resta jusqu'à ce que sa mère, une robuste femme de marin hollandaise que le hasard avait amenée pour quelque temps à Anvers, le reprît. Mais, quoique libérée du poids de ce corps, Esther se sentit encore très oppressée à la pensée qu'elle retrouverait cette même angoisse, jour après jour.

Elle partit inquiète, et elle revint inquiète les jours suivants. Elle nourrissait le secret espoir que le peintre renoncerait à ce projet également, et la résolution de l'en prier posément devenait en elle de plus en plus impérieuse. Mais elle n'en fut jamais capable; une fierté intime ou une honte secrète retinrent ses paroles, prêtes à jaillir de ses lèvres, tels des oiseaux sur le point de s'envoler et qui s'essaient à battre des ailes, juste avant de s'élancer librement dans les airs. Et, alors qu'elle venait tous les jours, apportant en quelque sorte son trouble avec elle, peu à peu, la honte qu'elle éprouvait se transforma en un mensonge inconscient, car elle s'y était déjà accoutumée comme à une évidence fâcheuse. Il ne manquait plus que la prise de conscience. Pendant ce temps le portrait ne progressait guère, même si le peintre lui laissait entendre le contraire en des termes prudents. En réalité le cadre ne renfermait que des lignes sans importance, les contours des personnages, et quelques essais hâtifs de couleurs. Car le vieil homme attendait qu'Esther se fût réconciliée avec cette idée et ne cherchait pas à précipiter la venue de ce qu'il espérait avec certitude. Il se contenta d'écourter provisoirement les séances de pose et il parla beaucoup, de toutes sortes de choses indifférentes, feignant de ne pas prêter attention à l'enfant ni au malaise d'Esther. Il paraissait plus serein et plus sûr de lui que jamais.

Et cette fois sa confiance ne le trahit pas. Par une matinée claire et chaude, un paysage lumineux, transparent, se découpait dans l'encadrement de la fenêtre: des clochers lointains scintillant d'un éclat doré, comme s'ils étaient tout près; des toits d'où s'échappaient des volutes de fumée légère qui se perdaient dans le bleu intense, comme moiré, du ciel; des nuages blancs, tout proches, qui semblaient vouloir se poser sur l'océan sombre des toits, ainsi que des oiseaux au plumage duveteux. Le soleil jetait dans la pièce son or à profusion; c'étaient des rayons, une danse d'étincelles, un tournoiement de cercles de lumière, semblables à de petites pièces de monnaie qui tintent, c'étaient d'étroites bandes aussi coupantes que des poignards étincelants, des formes flottantes dépourvues de signification qui sautillaient avec agilité sur le plancher, tels de petits animaux brillants. Ce jeu pétillant de scintillations avait tiré l'enfant de son sommeil, comme si des doigts effilés avaient frappé à ses paupières closes jusqu'à ce qu'elles s'ouvrent, qu'il cligne les yeux et regarde devant lui. Il commença de s'agiter avec inquiétude sur les genoux de la jeune fille, qui le protégeait de mauvaise grâce. Il ne cherchait pas à s'écarter d'elle, mais simplement à attraper gauchement de ses mains malhabiles les étincelles qui dansaient et folâtraient autour de lui; il ne parvenait pas à les saisir, et cet échec augmentait encore sa concentration. Il essaya de remuer de plus en plus vite ses petits doigts épais dont la légère coloration rouge, due à la lumière du soleil, évoquait le flux de sang chaud qui les traversait. Ce jeu naïf parait cette petite créature inachevée d'un charme étrange auquel, sans le savoir, Esther succomba elle aussi.

Souriante, elle contemplait ce jeu sans fin avec un sentiment de pitié condescendante pour ces efforts inutiles, sans se lasser, oubliant l'aversion que lui avait inspirée cet être innocent et sans défense. Pour la première fois, elle comprit qu'une vie humaine, tout à fait humaine, se mouvait dans ce petit corps lisse, dont elle n'avait jusqu'ici perçu que la nudité potelée et l'apathie rassasiée; elle suivait chacun de ses gestes avec une curiosité enfantine. Le vieil homme regardait et se taisait. Il craignait de réveiller par des paroles l'obstination et la honte qu'elle semblait avoir oubliées, mais le sourire satisfait de celui qui connaît le monde et les hommes ne voulait pas disparaître de son visage empreint de douceur. Il ne voyait rien d'étrange dans ce changement, mais au contraire quelque chose d'attendu, de prévu, la justification de sa confiance dans les lois profondes de la nature qui jamais ne défaillent ni ne manquent de se confirmer. Il se sentit à nouveau tout proche d'un de ces éternels prodiges de la vie qui se renouvellent sans cesse: les enfants provoquent d'un seul coup le dévouement des femmes, qui de nouveau se dirige vers les enfants, de génération en génération, et ainsi ne perd jamais de sa jeunesse, mais vit au contraire deux fois, par lui-même et dans ceux qui en bénéficient. N'était-ce pas là le miracle divin de Marie, qui était restée une enfant pour ne jamais devenir une femme, mais pour continuer à vivre dans son enfant? Tous les prodiges n'avaient-ils pas leur reflet dans la réalité, et ne retrouvait-on pas dans chaque instant d'une vie naissante la splendeur de l'inaccessible et le bruissement de ce qui sera pour toujours incompréhensible?

Le vieil homme ressentait à nouveau intensément la proximité du miracle dont l'origine divine ou terrestre le tourmentait depuis des semaines, sans relâche. Mais il savait qu'il s'agissait là d'une porte obscure et fermée devant laquelle toute réflexion devait humblement faire demi-tour sans espérer rien d'autre que de pouvoir baiser avec respect le seuil interdit. Aussi prit-il son pinceau, afin de chasser par le travail les pensées qui commençaient à se perdre dans des lointains brumeux et sombres. Mais lorsqu'il regarda devant lui, prêt à peindre sur le vif, il demeura un instant fasciné. C'était comme si ses recherches l'avaient fait évoluer jusque-là dans un univers recouvert de voiles, sans même qu'il s'en aperçût, et que cet univers, tout à coup, s'ouvrît à lui, resplendissant, dans toute sa force et sa magnificence. Le portrait qu'il avait cherché était là, vivant, sous son regard. Les yeux brillants et les mains avides, le petit être épanoui se tournait vers la lumière qui nimbait sa nudité d'une lueur douce et lui donnait l'aspect d'un séraphin. Sur cet enfant en train de jouer, une deuxième tête, penchée, qui le contemple tendrement, elle-même pour ainsi dire remplie de l'éclat émanant de ce corps pénétré de lumière. De petites mains enfantines protègent le bébé des deux côtés pour éloigner de lui tout malheur. Au-dessus de la tête, un éclat fugitif s'est pris dans la chevelure et semble irradier d'elle comme une lumière intérieure. Des gestes paisibles, une lumière folâtre, l'ignorance alliée à des souvenirs encore pleins de rêve, tout cela se rassemblait dans une vision éphémère et belle, un tableau qui semblait jaillir d'un souffle, fait de couleurs cristallines qu'un mouvement brusque aurait pu briser d'un coup.

Le vieil homme contemplait ainsi qu'une apparition ces deux figures si étroitement unies par un fugace jeu de lumière et, comme surgi d'un rêve lointain, le portrait presque oublié du peintre italien lui revint à la mémoire, avec sa douceur divine. Il eut à nouveau l'impression d'entendre l'appel de Dieu. Mais cette fois il ne se perdit pas en rêveries; il mit au contraire toute son énergie au service de cet instant. D'un trait vigoureux il brossa le mouvement de ces mains d'enfant et la tendre inclinaison de cette tête de jeune fille, aux traits d'ordinaire si durs, comme s'il voulait les arracher pour toujours à la fugacité du moment qui les avait réunis. Il sentait en lui une force créatrice, tel un sang jeune et chaud. Toute sa vie était en cette minute semblable à un cours d'eau bruissant, elle absorbait la lumière et la couleur, elle n'était plus qu'une main qui, en dessinant, modelait et englobait toutes choses. Et en cet instant où il était plus près que jamais du secret des forces divines et de la plénitude infinie de la vie, il ne songeait pas à ses miracles et à ses signes; il les vivait, en les créant lui-même.

Ce jeu ne dura pas très longtemps. L'enfant finit par se lasser de ses efforts répétés et de son côté Esther s'étonna de voir le vieil homme travailler soudain avec une ardeur fébrile, les joues en feu. Il avait à nouveau sur son visage la même clarté visionnaire que le jour où il lui avait parlé de Dieu et de ses innombrables miracles, et elle sentait à nouveau un frisson d'enthousiasme pour la grandeur qui pouvait s'abandonner si complètement dans le monde de la création. La légère honte qu'elle avait éprouvée lorsque le peintre l'avait surprise, abîmée dans la contemplation de l'enfant, se perdit dans l'immensité de ce sentiment. Elle ne vit plus que la plénitude de l'existence. La diversité et la grandeur de tels instants la ramenaient à son étonnement initial, lorsque le vieil homme lui avait montré les tableaux représentant des personnages étrangers, originaires de pays lointains, des villes d'une beauté de rêve et des paysages luxuriants. Le spectacle enivrant et la splendeur de l'inconnu venaient colorer l'indigence de ses propres journées et l'harmonie monotone de sa vie intérieure. Mais un désir de création personnelle brûlait au tréfonds de son âme, comme une lumière cachée dans l'obscurité et ignorée de tous.

Ce jour marqua un tournant dans le destin d'Esther et dans celui du tableau. L'ombre s'était dissipée. La jeune fille se rendait désormais d'un pas pressé et léger aux séances de pose qui lui semblaient passer très vite parce qu'elles offraient un enchaînement de menues expériences. Chacune d'entre elles lui paraissait importante pour elle, car elle ne connaissait pas la valeur de la vie et se croyait riche avec les quelques piécettes de cuivre que représentaient ces événements insignifiants. Insensiblement, le personnage du vieil homme passa au second plan, à l'avantage du petit corps rose et maladroit de l'enfant. La haine d'Esther s'était transformée brusquement en cette tendresse sauvage, presque avide, qu'éprouvent souvent les jeunes filles pour les enfants et les petits d'animaux. Elle s'épuisait en contemplation et en caresses; inconsciemment elle vivait la plus noble pensée de la femme, la maternité, dans un jeu où elle s'abandonnait avec passion. L'objet de ses visites chez le peintre lui échappait. Elle arrivait, s'asseyait dans le large fauteuil avec le bébé florissant qui avait tôt fait de la reconnaître et qui lui souriait avec une expression comique, puis elle se mettait à le câliner. Elle en oubliait totalement qu'elle était venue à cause du tableau et qu'elle avait un jour ressenti cet enfant nu comme un poids, un fardeau. Cela lui semblait aussi lointain qu'un des innombrables rêves mensongers qu'elle s'était jadis obstinée à tisser pendant de longues heures dans la rue sombre et triste où elle habitait, et dont la trame se déchirait au premier souffle léger de la réalité.

Elle continuait à croire qu'elle ne vivait que pendant les heures passées ici; les moments où elle restait à la maison lui étaient un séjour en pays étranger, comme la nuit dans laquelle on plonge en s'endormant. Quand elle entourait de ses doigts les menottes potelées du bébé, elle savait que ce n'était pas un songe immatériel. Et le sourire que ces grands yeux papillotants lui renvoyaient n'était pas une illusion. Tout cela, c'était la vie, et elle se sentait consumée par une soif de se donner au monde, qui était le riche héritage inconscient de sa race, et par une aspiration toute féminine à l'abandon, elle qui n'était pas encore une femme. Dans ce jeu se cachait déjà le germe d'un désir plus profond et d'un plaisir plus intense. Mais tout cela n'était encore qu'une ronde folâtre d'idées tendres et d'admiration intime, de grâce espiègle et de rêves insensés. Elle berçait cet enfant comme les enfants bercent leurs poupées mais, en même temps, ainsi que le font les femmes et les mères, elle laissait ses rêves s'envoler vers des contrées infiniment lointaines, suaves et tendres.

Le vieil homme ressentait cette transformation avec l'immense sagesse de son cœur. Esther s'éloignait de lui, sans qu'il lui devienne plus étranger, il le sentait; elle ne l'appelait plus de ses vœux, mais déjà il était à l'écart, comme un doux souvenir. Et il se réjouissait de ce changement, malgré son amour pour la jeune fille. Car il voyait en elle des élans pleins de jeunesse, de force et de bonté, dont il espérait qu'ils briseraient sa fierté et sa réserve héréditaires plus vite que lui-même n'aurait pu le faire avec tous ses efforts. Et il savait que l'amour qu'elle lui portait, à lui qui était âgé et proche de la mort, était dilapidé, tandis que ce même amour pouvait être source de promesses et de bienfaits pour une vie débutante.

L'éveil de la tendresse d'Esther à l'égard de l'enfant fit connaître au peintre des heures merveilleuses. De nombreuses images d'une beauté envoûtante se formèrent devant lui, qui étaient toutes des paraphrases d'une pensée unique, et pourtant toutes différentes. Tantôt c'était un jeu affectueux: Esther folâtrant avec l'enfant, devenue elle-même une enfant dans sa joie effrénée, des mouvements souples, sans dureté et sans passion, des couleurs tendres et harmonieuses, des formes délicates qui se fondaient doucement. Puis de nouveaux moments de calme, quand le bébé était mollement endormi sur les genoux d'Esther et que les petites mains de la jeune fille veillaient sur lui comme deux anges, quand dans ses yeux brillaient la joie de posséder un tel bonheur et le désir ardent et secret de réveiller ce visage avec des caresses. Puis à nouveau de courts instants où leurs deux regards plongeaient l'un dans l'autre, l'un ignorant, inconscient et curieux, et l'autre plein d'abandon et rayonnant de félicité. Puis venaient des instants de confusion charmante, lorsque le bambin, de ses mains maladroites, cherchait à atteindre la poitrine de la jeune fille, dans l'attente de l'offrande maternelle. Alors les joues d'Esther rougissaient à nouveau de honte, comme sous l'effet d'une lumière rosée, mais ce n'était plus de la peur qu'elle ressentait, ni de l'irritation ; ce n'était qu'une manifestation brusque de sa gêne, qui s'achevait dans un sourire content.

Ce fut pendant ces journées que le tableau fut réalisé. Ces milliers de gestes tendres le peintre les rassembla en un seul ; avec des milliers de regards espiègles, ravis, anxieux, heureux, intenses, il créa le regard d'une mère. Une grande œuvre empreinte de calme – toute simple – naissait. Un enfant en train de jouer et une jeune fille, la tête penchée tendrement. Mais les couleurs étaient d'une douceur et d'une pureté comme il n'en avait jamais trouvé, et les formes se détachaient, aussi nettes et précises que des arbres sombres sur le flamboiement divin du soir. On eût dit qu'il y avait une lumière intérieure cachée d'où émanait cette clarté mystérieuse, et qu'il soufflait là un air plus délicat, plus caressant et plus pur que dans l'univers tout entier. Rien ici de surnaturel, et pourtant on sentait qu'une mystique secrète de la vie était à l'œuvre. Pour la première fois, le vieil homme, qui tout au long de sa laborieuse vie d'artiste n'avait cessé de tracer avec soin un trait de pinceau après l'autre, voyait son tableau croître et progresser indépendamment de lui. Dans les légendes populaires, les lutins accomplissent leur tâche en secret, et pourtant avec une telle diligence, une telle ardeur, que le matin les hommes contemplent avec des yeux ébahis le travail effectué pendant la nuit. C'était cette même sensation qu'éprouvait le peintre lorsque, après des minutes d'ivresse créatrice, il s'écartait de sa toile pour porter sur elle un regard critique. A nouveau l'idée d'un miracle cherchait à pénétrer son cœur, qui n'hésitait plus guère à l'accepter. Car ce tableau ne représentait pas seulement le sommet de tous ses efforts, mais quelque chose de beaucoup plus élevé, de plus lointain, dont son travail misérable n'était pas digne de constituer le support, même si c'était là son couronnement. Et la sérénité qui avait présidé à sa création s'effondra pour laisser la place à un état de crainte, à une angoisse face à sa propre œuvre, dans laquelle il n'osait plus se reconnaître.

Et ainsi il s'éloigna lui aussi d'Esther, car il ne voyait plus en elle que l'intermédiaire du miracle terrestre qu'il avait accompli. Il continuait à la protéger avec la même bonté, mais son âme se remplissait à nouveau des rêves pieux qu'il avait crus déjà bien loin. La force simple de la vie lui parut tout à coup merveilleuse. Qui pouvait lui apporter une réponse? La Bible était très ancienne et sacrée, tandis que son cœur était humain et encore bien ancré dans la vie. Avait-il le droit de demander si Dieu descendait jusqu'à cette terre dans un bruissement d'ailes? Des signes de Dieu traversaient-ils encore aujourd'hui le monde, ou ne s'agissait-il que de simples prodiges de la vie?

Le vieil homme n'avait pas la prétention de pouvoir répondre à ces questions, malgré les phénomènes étranges qui se produisaient dans son existence. Mais il n'était plus aussi sûr de lui qu'autrefois, lorsqu'il croyait à la vie et en Dieu et qu'il ne se demandait pas où était la vérité. Et tous les soirs il recouvrait avec soin le tableau. Car récemment, un jour qu'il était rentré chez lui et que l'éclat argenté de la lune enveloppait le portrait de sa bénédiction, il avait eu l'impression que la mère de Dieu elle-même lui avait dévoilé son visage. Et il s'en était fallu de peu qu'il ne tombât en prière devant sa propre création...

Mais au même moment survint dans la vie d'Esther un autre événement qui, pour n'avoir rien d'exceptionnel ni d'invraisemblable, n'en fit pas moins souffler la tempête sur sa vie et la secoua jusque dans ses profondeurs d'une douleur sauvage et incompréhensible. Elle sentait les premiers mystères de la maturité: un enfant la rendait femme. Une confusion, un désarroi immenses s'étaient emparés de son âme privée de guide, de conseil, et engagée toute seule sur un chemin merveilleux, entre de profondes ténèbres et l'éclat d'une lueur mystique. Un immense désir s'était éveillé, qui ne savait où s'orienter. Cette fierté indomptable qui l'avait incitée auparavant à fuir toute camaraderie et à éviter tout échange de paroles inutiles avec son entourage, jetait comme la flamme d'une malédiction sur ces jours de sombre égarement; car elle lui interdisait d'éprouver la secrète douceur enclose dans cette métamorphose comme la semence d'une moisson lointaine, et seule restait la douleur sourde, démente et solitaire. Et dans les ténèbres de cette ignorance scintillaient les légendes et les miracles que le vieillard lui avait contés: telles des lumières trompeuses, elles entraînaient ses rêves sur les chemins les plus extravagants. L'histoire de cette douce créature dont elle avait vu le portrait, et qui devint mère à la suite d'une mystérieuse annonciation, la faisait vibrer d'une appréhension terrible et presque joyeuse. Elle n'osait pourtant pas y croire, car il avait été question aussi d'autre chose, qu'elle ne comprenait pas. Mais il lui semblait qu'en son être même s'accomplissait un miracle, tant elle éprouvait de changement dans ses sensations, tant le monde et tous les gens autour d'elle lui paraissaient d'un seul coup différents, plus profonds, plus étranges et pleins d'instincts secrets. Toutes les choses semblaient faire partie d'un même ensemble doué d'une vie intérieure qui passait par des alternances de flux et de reflux, et se rejoignaient dans une zone obscure; elle voyait un tout là où régnait l'éparpillement. Et elle se sentait elle-même poussée par une force intérieure vers la vie et vers les autres hommes, mais cette force absurde, qui ne savait où s'employer, ne lui léguait jamais que cette même douleur insistante, poignante et torturante, issue du désir inutile et de l'énergie réprimée.

Ce qui lui avait toujours paru impossible, Esther s'y risquait à présent, en ces heures de désespoir où elle prenait conscience de son égarement et où son être débordait du désir de quelque chose à quoi se raccrocher. Elle se mit à parler à son père adoptif. Jusqu'alors elle l'avait évité, d'instinct, parce qu'elle sentait la distance qui existait entre eux. Mais maintenant cette impulsion aveugle la poussait à franchir le pas. Elle aborda tous les sujets, lui parla du tableau, s'enfonçant dans le souvenir de ces heures passées pour en ramener un détail qui pût avoir de la valeur pour lui. Et l'aubergiste, visiblement satisfait de ce changement, lui tapota les joues sans façons et l'écouta. Il lâchait un mot par-ci par-là, du même air négligent et impersonnel avec lequel il crachait à terre sa chique de tabac. A la fin il raconta lui-même, avec sa maladresse habituelle, les menus événements de la journée, mais Esther l'écoutait en vain. Il ne trouvait rien à lui dire qui la touchât, il n'essayait d'ailleurs pas. Les choses semblaient s'arrêter à la limite de son corps: rien ne pénétrait à l'intérieur de lui-même, et ses paroles renvoyaient à la jeune fille une indifférence totale qui la remplissait de dégoût. Ce qui n'avait été auparavant qu'intuition devenait certitude: il n'y avait pas de chemin qui reliât ce genre d'hommes à elle et à son âme. Ils ne pouvaient que vivre côte à côte sans se connaître: le désert, une totale absence de compréhension. Encore représentait-il à ses yeux le meilleur de tous les hommes qui allaient et venaient dans cette taverne misérable, car il y avait en lui une certaine rudesse bon enfant qui bien des fois se transformait en cordialité.

Mais cette déception ne parvint pas à briser la force impérieuse de ce désir effréné, dont toute la violence afflua de nouveau vers les deux êtres qui l'accompagnaient de l'aube au soir. Elle comptait avec ferveur les heures solitaires de la nuit qui la séparaient encore du matin et, avec une ardeur fiévreuse que trahissait son visage, celles du jour qui précédaient la visite chez le peintre. Une fois même, en pleine rue, elle se jeta à corps perdu dans sa passion comme un nageur dans le flot écumant, et s'élança telle une désespérée à travers la foule tranquille, sans reprendre haleine jusqu'au but tant désiré; le visage rouge et la chevelure en désordre, elle arriva devant le portail de la maison. Le plaisir farouche qu'elle prenait à exprimer librement sa passion était devenu, en cette période de métamorphose, une force irrépressible qui lui communiquait une beauté sauvage et sensuelle.

Et cette tendresse avide, presque désespérée, lui faisait préférer l'enfant au vieillard, dont la douceur aimable et chaleureuse opposait un refus serein à tous les orages de la passion. Sans rien savoir de la féminité naissante d'Esther, il la devinait à travers tout son être, à travers cette exaltation si brusque qui le déconcertait. Il ne chercha pas à lui imposer des bornes, car il sentait bien l'élan primitif qui la jetait dans cette passion obstinée. Et l'amour paternel qu'il vouait à cette enfant solitaire ne disparut pas pour autant, même si son attention était à nouveau tournée vers le jeu lointain des forces latentes de la vie. Il se réjouissait de sa présence et cherchait à la garder auprès de lui. Le portrait était achevé, mais il ne le disait pas à Esther, car il ne voulait pas la séparer de l'enfant qu'elle noyait, pour ainsi dire, sous des flots de tendresse. S'il donnait encore çà et là quelques coups de pinceau, ce n'étaient plus que des détails insignifiants, le pli d'une draperie, une ombre légère à l'arrière-plan ou une nuance ténue dans le jeu de la lumière. Il n'osait plus toucher à l'idée même du tableau ni au sentiment qui l'avait inspiré, car la magie de la réalité s'était lentement évanouie et ces deux visages lui apparaissaient comme la forme spiritualisée de ce rêve merveilleux, source d'une création dans laquelle, au fur et à mesure que le souvenir de cet instant s'éloignait dans le temps, il voyait de moins en moins l'accomplissement d'une force terrestre.

Toute tentative d'amélioration lui semblait non seulement une folie, mais un péché. Et au plus profond de lui-même il décida qu'après cette œuvre où sa main avait été manifestement guidée il n'irait plus gâcher de la peinture : il passerait ses jours dans une plus grande dévotion, à la découverte des sentiers capables de l'élever jusqu'à ces hauteurs dont il avait pu percevoir, en ces heures tardives de son existence, les ors crépusculaires.

Avec cet instinct subtil que portent en eux les orphelins et les exclus, tel un réseau secret enserrant dans ses fils délicats toutes les paroles, même celles qui sont tues, Esther percevait ce léger éloignement chez le vieil homme qui lui était si cher, et elle souffrait presque de la douceur égale de sa tendresse. Elle sentait qu'à ce moment précis elle aurait eu besoin qu'il se donnât à elle tout entier, avec tout l'amour dont il était capable: elle aurait pu ainsi lui ouvrir son âme touchée de plus en plus par la souffrance et obtenir une réponse aux énigmes qui l'entouraient. Elle épiait l'instant où elle pourrait laisser échapper les mots qui se pressaient et débordaient en elle, mais l'attente s'éternisait et elle se lassait. Aussi voua-t-elle toute sa tendresse à l'enfant. Elle déversa tous ses sentiments sur ce petit être maladroit qu'elle étreignait et couvrait de baisers fougueux, hors d'elle-même, avec tant de violence que souvent le bébé ne sentait que la douleur de cette étreinte et se mettait à crier. Alors elle retenait ses gestes, se faisait protectrice, apaisante, mais cette réserve avait elle aussi quelque chose d'exalté, de même que sa sensibilité n'était pas celle d'une mère, mais le bouillonnement de vagues pulsions érotiques, lourdes d'un désir encore tâtonnant. Elle se sentait poussée par une force que, dans son ignorance, elle laissait s'épuiser sur cet enfant. C'était un rêve qu'elle vivait, et une stupeur douloureuse; si elle s'attachait désespérément à cet être, c'est parce qu'il avait un cœur chaud qui battait comme le sien, parce qu'elle pouvait offrir à ces lèvres muettes toutes les tendresses dont elle brûlait, parce que ses bras, obéissant à un désir inconscient, pouvaient enlacer quelque chose de vivant, sans qu'elle eût à redouter ce moment de honte auquel elle n'aurait pas échappé si elle avait confié ne fût-ce qu'un seul mot à un étranger. Elle passait ainsi des heures entières, sans se lasser et sans se rendre compte combien elle se trompait sur elle-même.

Cet enfant incarnait à présent pour elle la vie à laquelle elle avait si violemment aspiré. Autour d'elle les nuages s'accumulaient sans qu'elle y prît garde. Les citoyens se réunissaient le soir et, refrénant leur colère, regrettaient la liberté d'autrefois et le bon roi Charles qui avait tant aimé ses Flandres. L'agitation travaillait la ville. Les protestants s'alliaient clandestinement, la canaille se rassemblait dans l'ombre, les petits soulèvements et les heurts avec les soldats se multipliaient, portés par les nouvelles menaçantes en provenance d'Espagne; et dans cette atmosphère de dissensions et de troubles jaillissaient déjà les premières flammes de la guerre et de la rébellion. Les gens prévoyants commençaient à regarder vers l'étranger, les autres se cherchaient des consolations et des apaisements, mais le pays tout entier était emporté dans une attente frissonnante, qui se reflétait en chacun. Dans la taverne les hommes allaient s'asseoir dans les coins et s'entretenaient à voix basse, tandis que l'aubergiste, circulant au milieu d'eux, plaisantait avec sa rudesse coutumière sur la guerre et ses horreurs, sans parvenir à leur arracher des rires francs. La gaieté insouciante de ces bons vivants avait laissé place à l'angoisse et à l'inquiétude de l'attente.

Esther ne sentait autour d'elle ni cette peur sourde, ni cette fièvre secrète. Le bambin était toujours aussi calme et la regardait en riant avec innocence, si bien qu'elle ne remarquait pas de changement dans son entourage. Sa vie cédait tout entière au courant qui l'entraînait vers un funeste désarroi; les ténèbres où elle était plongée donnaient une apparence de vérité aux rêves fantasques de ses heures solitaires, une vérité si lointaine, si étrange, qu'elle la coupait à jamais de la sagesse froide et réfléchie de ce monde. Sa féminité éveillée réclamait un enfant, mais elle ignorait tout de cet angoissant mystère et le rêvait sous mille formes, de l'humble prodige de la légende biblique aux enchantements de ses visions solitaires. Si quelqu'un lui avait expliqué en quelques mots simples cette énigme banale, elle aurait peut-être examiné avec ce regard gêné des jeunes filles de son âge les hommes qui passaient près d'elle. Mais les hommes ne lui inspiraient pas de telles pensées; simplement, en voyant les gamins jouer dans les rues, elle songeait à l'extraordinaire miracle que ce serait, un jour peut-être, d'avoir elle aussi un enfant rose et joueur comme ceux-là, un enfant tout à elle qui serait source de félicité. Et si irrépressible était la force de ce désir que, pour ce bonheur tant convoité, elle se fût peut-être donnée au premier venu, oubliant toute pudeur et toute crainte; mais elle ne savait rien de ces unions fécondes et son désir s'égarait sur des sentiers qui ne menaient à rien. Et sans cesse elle retournait à ce bébé étranger qui était déjà comme le sien, tant sa tendresse était devenue profonde.

Ainsi elle arriva un jour, le visage rayonnant et les yeux étincelants d'émotion, chez le peintre qui n'avait pas remarqué sans une secrète inquiétude la passion exagérée et presque maladive qu'elle portait à l'enfant. Pour la première fois, il n'était pas là. Cette absence l'inquiéta mais, pour dissimuler son trouble, elle alla vers le vieil homme et lui demanda où en était le tableau. Tout en l'interrogeant elle sentit le sang lui monter au visage, car d'un seul coup elle prenait conscience de l'offense muette qu elle lui avait infligée tout au long de ces heures où elle n'avait pas eu une minute d'attention ni pour lui ni pour son œuvre. Cette négligence coupable envers un homme si bon lui pesait comme une faute. Mais il parut ne rien remarquer.

– Il est fini, Esther, dit-il avec un léger sourire, et depuis longtemps déjà. Je vais le remettre dans les jours qui viennent.

Elle pâlit. Un mauvais pressentiment l'assaillit, qu'elle n'osait pas approfondir

– Alors je ne pourrai plus venir chez vous? demanda-t-elle d'une petite voix timide.

Il lui tendit les deux mains, de ce geste familier dont la douceur irrésistible la faisait toujours succomber.

– Aussi souvent que tu voudras, mon enfant. Le plus souvent possible. Tu vois, je suis tout seul dans ma vieille chambre; si tu viens, ce sera de la joie et du soleil pour toute la journée. Viens souvent, Esther, très souvent.

Tout l'amour qu'elle avait eu autrefois pour cet homme afflua d'un coup à la surface, comme s'il voulait à présent forcer tous les barrages et s'épancher dans des paroles. Comme il était grand et bon! Son âme n'était-elle pas réelle, tandis que celle de l'enfant n'était que son propre rêve? A cet instant sa confiance était revenue, mais l'idée qui gouvernait sa vie menaçait comme une nuée d'orage ces semailles en train de lever. La pensée de l'enfant la tourmentait. Elle voulait étouffer cette souffrance, ravalant sans cesse ce mot qui enfin jaillit dans un cri sauvage et désespéré :

– Et l'enfant ?

Le vieil homme se tut. Mais ses traits se durcirent, prirent quelque chose d'impitoyable. Le fait qu'elle pût l'oublier en cet instant où il espérait que son âme serait toute à lui l'avait fait reculer comme sous la pression d'un bras courroucé.

– Il est parti, dit-il d'un ton froid et indifférent.

Il sentit les regards d'Esther s'accrocher avidement à ses lèvres, dans la fureur du désespoir. Mais une force obscure le poussait à se montrer provocant et cruel. Il n'ajouta rien. A cet instant précis il haïssait cette jeune fille qui oubliait avec une telle ingratitude tout l'amour qu'elle avait reçu de lui, et cet homme bienveillant et si doux jouit pendant une seconde du plaisir de la tourmenter. Mais ce ne fut qu'un court moment de faiblesse et de désaveu de soi-même, comme une seule vague perdue dans cet océan infini de douceur et de pureté. Touché par le regard angoissé de la jeune fille, il se détourna.

Mais elle ne supporta pas ce silence. Elle se précipita sauvagement contre sa poitrine et l'étreignit avec des sanglots et des gémissements. Jamais elle n'avait exprimé une si cuisante douleur que dans ces mots désespérés qu'elle criait en pleurant :

– Il faut que je le retrouve, cet enfant, mon enfant. Je ne peux pas vivre sans lui, c'est mon unique petit bonheur et on me le vole. Pourquoi voulez-vous me le prendre ?... Je n'ai pas été gentille avec vous, mais pardonnez-moi et laissez-moi l'enfant. Où est-il ? Dites-le-moi ! Dites-le-moi ! Il faut que je le retrouve...

Les mots s'étranglèrent dans sa gorge en un sanglot muet. Le vieil homme, profondément ému, se pencha sur la jeune fille qui pleurait contre sa poitrine et qui, relâchant peu à peu son étreinte convulsive, s'affaissait de plus en plus comme une fleur mourante. Il caressa doucement ces longs cheveux noirs défaits.

– Sois raisonnable, Esther! Et ne pleure pas. Il est parti, mais...

Elle se releva brusquement:

– Ce n'est pas vrai, non, ce n'est pas vrai!

– Si, Esther. C'est vrai. Sa mère a quitté le pays. Les temps sont durs pour les étrangers et les hérétiques, mais aussi pour les fidèles qui craignent Dieu. Ils sont partis pour la France ou l'Angleterre. Mais pourquoi faut-il que tu perdes courage... Sois donc raisonnable, Esther... attends quelques jours... tout s'arrangera...

– Je ne peux pas, je ne peux pas, dit-elle dans un râle, entre deux hoquets. Pourquoi m'a-t-on pris l'enfant... Je n'avais que lui... il faut que je le retrouve... il le faut, il le faut... Il m'aimait bien, c'était le seul être qui m'appartenait, à moi toute seule... Comment vais-je vivre à présent... Dites-moi où il est, dites-le-moi...

Plaintes et sanglots se mêlaient dans un flot de paroles chaotiques et désespérées, de plus en plus folles à mesure que la voix s'affaiblissait, pour s'épuiser dans l'hébétude des pleurs. Les pensées jaillissaient, fulgurantes et confuses, dans ce cerveau martyrisé qui ne pouvait retrouver la lucidité et le calme; tout ce qu'elle ressentait, toutes ses réflexions, tournaient en cercles fous autour de cette même idée douloureuse, inséparable de tout ce qu'elle disait et emportée elle aussi dans un tournoiement sans repos, avec la force implacable d'un tourbillon. L'océan muet et sans limites de son amour inquiet bruissait et se faisait douleur désespérée et éclatante. Et les mots affluaient en désordre, chauds comme le sang s'écoulant d'une blessure qui ne veut pas se fermer. Le vieil homme, qui avait tenté de calmer cette douleur avec de douces paroles, se taisait, abattu. Cette passion lui paraissait, dans sa violence primitive et son ardeur ténébreuse, plus forte que toute consolation. Il attendait... Parfois le flot écumant semblait s'arrêter et l'agitation s'apaiser, mais chaque fois un sanglot faisait remonter à la surface des paroles égarées, mi-cri, mi-larmes. Toute la richesse, toute la splendeur d'une âme s'épuisaient dans cette douleur.

Enfin il put lui parler. Mais Esther ne l'entendait pas. Ses yeux humides et fixes étaient tout pleins d'une seule image et elle n'était sensible qu'à une seule idée. Comme dans le délire de la fièvre, elle continuait à bégayer:

– Il riait si gentiment... Il était à moi, rien qu'à moi... Tous ces beaux jours... J'étais sa mère... Et je ne l'aurai jamais plus... Si seulement je pouvais le voir, le voir encore une fois... Le voir seulement, rien qu'une fois... Et à nouveau la voix s'éteignait dans un sanglot de détresse. Lentement elle s'était détachée de la poitrine du vieillard et s'était laissée glisser jusqu'à ses genoux qu'elle embrassait maintenant de ses mains faibles et tremblantes, toute recroquevillée dans le flot épars de ses mèches noires. Son corps cassé et agité de soubresauts, avec son visage caché sous la vague des cheveux, semblait anéanti par une douleur furieuse. Et inlassablement, hagarde et à bout de forces, elle balbutiait les mêmes mots:

– Le voir seulement, rien qu'une fois... rien qu'une fois... le voir seulement.

Le vieil homme se baissa jusqu'à elle:

– Esther!

Elle resta de marbre. Ses lèvres continuaient à balbutier d'une voix blanche ces mots qui n'avaient plus de sens. Il voulut la relever; son bras, qu'il saisit, était sans force et inerte, pareil à une branche coupée; il retomba mollement. Seules les lèvres bégayaient mécaniquement la triste antienne:

– Une fois seulement... le voir seulement... rien qu'une fois...

Une étrange idée lui vint, alors qu'il ne savait plus que faire. Il se pencha à son oreille:

– Esther! Tu le verras, pas seulement une fois, mais aussi souvent que tu le voudras!

Elle sursauta, comme si on l'avait arrachée à un songe. Ces mots semblèrent s'écouler par tous ses membres; un mouvement brusque s'empara de son corps, qui la fit se dresser. On aurait dit qu'elle reprenait peu à peu ses esprits. L'idée ne lui apparaissait pas encore clairement, car d'instinct elle ne croyait pas qu'un si grand bonheur pût se dégager de la souffrance. Elle fixait le vieil homme d'un regard hésitant, comme si elle n'avait pas encore bien recouvré ses sens. Elle ne le comprenait pas tout à fait et attendait qu'il parlât. Tout était si flou. Mais il ne disait rien et hochait la tête en fixant sur elle un regard plein de bienveillantes promesses. Il passa doucement son bras autour d'elle comme s'il craignait de lui faire mal. Ce n'était donc pas un rêve ni un mensonge de circonstance. Son cœur battait, battait, dans une attente folle. Aussi docile qu'un enfant, elle le suivit, appuyée contre lui, sans savoir où il la menait. Mais il ne lui fit faire que quelques pas, jusqu'au chevalet. Et d'un geste brusque il arracha le tissu qui recouvrait son œuvre.

Esther, sur le moment, ne bougea pas. Son cœur était maintenant silencieux et comme figé. Mais ensuite elle se précipita vers le tableau dans un élan passionné, comme si elle voulait arracher du cadre cet adorable bébé rose et souriant et le ramener à la vie pour le bercer et le cajoler, pour sentir la douceur de ce corps maladroit et faire renaître le rire sur cette petite bouche naïve. Elle n'avait pas conscience d'avoir devant elle un tableau, un morceau de toile peinte qui n'était que le rêve de la vie, il n'y avait plus de pensée en elle, mais la sensation à l'état pur, et ses regards flottaient dans une ivresse bienheureuse. Elle restait immobile tout contre le portrait. Un tremblement convulsif agitait ses doigts, impatients de retrouver en frémissant la douceur de cet enfant potelé, et ses lèvres brûlaient de couvrir de tendres baisers ce corps qui la hantait. Une délicieuse fièvre parcourait ses membres. Puis les larmes chaudes affluèrent. Mais elles n'exprimaient plus la colère ni le reproche, c'étaient des larmes de mélancolie et de bonheur, un jaillissement, un débordement de toute sorte de sentiments étranges, qui tout d'un coup remplissaient son être et la faisaient éclater. Peu à peu la tension relâcha son étreinte implacable et Esther s'abandonna à un état d'apaisement fragile, mais plein de douceur, dont les suaves bercements la plongèrent dans un merveilleux rêve éveillé, loin de toute réalité.

Le vieil homme sentait à nouveau, dans sa joie, la même interrogation angoissante. Quel mystère habitait cette œuvre pour qu'elle inspirât des élans mystiques à ceux-là même qui en avaient été le créateur et le modèle? La douceur sublime qui émanait d'elle vous élevait si loin de la terre! N'était-ce pas comme les images et les symboles des saints, objets de vénération qui faisaient instantanément oublier leur douleur aux accablés et aux affligés et les renvoyaient chez eux miraculeusement transfigurés et délivrés? Et n'étaient-ce pas des flammes sacrées qui brillaient dans les yeux de la jeune fille contemplant sa propre image sans curiosité ni gêne, mais avec l'abnégation d'une âme qui s'abandonne à Dieu? Il avait l'intuition que des chemins aussi insolites devaient conduire quelque part; sûrement il y avait là une volonté qui n'était pas aveugle comme la sienne, mais clairvoyante et maîtresse de ses propres fins. Et, telles les cloches d'une église, ces pensées tintaient joyeusement dans son cœur qui se sentait appelé à la lumineuse grâce céleste.

Il prit doucement Esther par la main et l'éloigna du portrait. Il ne parlait pas, car lui aussi sentait sourdre des larmes chaudes qu'il ne voulait pas montrer. Il croyait voir encore rayonner sur sa tête un ardent fleuve de lumière, de même que sur l'image de la Madone, et percevait autour d'eux, dans la pièce, quelque chose de grand et d'indicible qui les frôlait dans un bruissement d'ailes invisibles. Il fixa son regard sur les yeux d'Esther. Ils n'étaient plus gonflés de larmes et pleins de défi; seul un doux voile miroitant semblait encore les obscurcir. Tout lui paraissait plus clair, plus tendre, comme transfiguré alentour.

Tous les objets se montraient à lui nimbés de mystère et de sainteté.

Ils restèrent encore un bon moment ensemble. Ils recommencèrent à parler comme autrefois, mais avec plus de calme, plus de sérénité, ainsi que deux êtres qui n'ont plus à se chercher, qui se comprennent parfaitement. Esther était apaisée. La vue de cette œuvre l'avait singulièrement troublée et remplie de joie, parce qu'elle lui restituait le bonheur de son plus beau souvenir; elle possédait à nouveau son enfant, mais d'une façon plus sacrée désormais, plus profonde et plus maternelle que dans la réalité. Car à présent il n'était plus que l'enveloppe charnelle de son rêve, tout à elle et confondu avec son âme. A présent plus personne ne pouvait le lui prendre. C'est à elle seule qu'appartenait ce portrait à la minute où elle le regardait, et elle pourrait toujours le regarder. Le vieil homme tout vibrant d'intuitions mystiques avait bien volontiers accédé à sa timide requête. Maintenant sa vie était comblée jour après jour de la même béatitude et son désir ne connaissait plus l'angoisse ni le manque; et ce petit être épanoui, qui pour les autres était le sauveur du monde, était aussi pour cette enfant juive et solitaire, à son insu, un dieu d'amour et de vie.

Elle revint ainsi plusieurs jours de suite. Mais le peintre se préoccupa à nouveau de sa commande, qu'il avait presque oubliée. Le négociant vint examiner le tableau et, sans rien savoir des miracles secrets qui avaient présidé à cette création, il fut lui aussi subjugué par la douce figure de la bonté maternelle et par la solennité sans apprêt du symbole éternel fixé sur cette toile. Enthousiasmé, il serra la main de son ami, qui repoussa tous les éloges d'un geste empreint de modestie et de piété, comme si la peinture placée devant eux n'était pas son œuvre. Et ils décidèrent de ne pas priver plus longtemps l'autel de l'ornement qui lui était destiné.

Dès le lendemain, le portrait décorait le coin de l'autel resté vide jusque-là. Et c'était un curieux spectacle que cette rencontre insolite des deux madones légèrement ressemblantes, mais à l'attitude si différente. On eût dit deux sœurs dont l'une s'abandonnait encore avec confiance à la douceur de la vie, tandis que l'autre avait déjà goûté au fruit noir de la souffrance et frissonnait à l'idée des temps à venir. Mais sur leurs deux têtes étincelait une même lumière: comme si brillaient là-haut des étoiles de l'amour sous lesquelles leur vie suivait son chemin, à travers joie et douleur.

Et Esther accompagna le tableau jusque dans l'église, comme pour y retrouver son propre enfant. Elle oubliait peu à peu que cet être lui était étranger, et une foi maternelle s'éveillait en elle, transformant le rêve en réalité. Elle restait des heures entières étendue de tout son long devant le tableau, ainsi qu'une dévote devant le portrait du Sauveur. Autour d'elle vivait une foi autre; les cloches appelaient, de leurs voix tonitruantes, à un culte inconnu d'elle; des prêtres dont elle ne comprenait pas les paroles chantaient des cantiques graves dont le grondement traversait l'église ainsi que des vagues noires, et qui s'envolaient dans le crépuscule mystique, suspendu tel un nuage embaumé tout là-haut au-dessus des bancs. Des hommes et des femmes dont elle haïssait la foi l'entouraient et le murmure de leurs prières couvrait les mots tendres qu'elle susurrait à son enfant. Mais elle ne sentait rien de tout cela, son cœur était trop agité pour se chercher, s'épier lui-même; elle se laissait aller aveuglément à son seul souhait: voir son enfant chaque jour, et elle ne pensait plus au monde. Son sang était moins tourmenté par les tempêtes de l'adolescence, tous les désirs s'étaient perdus ou convergeaient dans cette unique pensée qui la ramenait sans cesse devant le tableau comme un charme magnétique qu'aucune force ne pouvait conjurer. Jamais elle n'avait été aussi heureuse qu'au cours de ces longues heures passées à l'église, dont elle sentait, sans les comprendre, la solennité sublime et la secrète volupté. Sa seule souffrance était de voir, de temps à autre, un étranger s'agenouiller devant le portrait et lever un regard plein de foi vers cet enfant qui était pourtant à elle, rien qu'à elle. Alors l'antique orgueil, irrépressible et jaloux, se remettait à flamber sauvagement en elle et son être brûlait d'une fureur qui lui donnait envie de frapper et de pleurer; dans ces moments, sa raison se troublait de plus en plus, elle ne savait plus distinguer entre ce monde et celui de son rêve. Et c'est seulement lorsqu'elle était étendue immobile devant le tableau que la grande paix revenait dans son cœur.

Ainsi s'était écoulé, dans sa douceur et sa générosité, le printemps qui avait vu s'accomplir l'œuvre et il semblait que l'été, après toutes ces tempêtes et toutes ces floraisons, fût prêt à lui offrir la grande paix solennelle de la maternité. Les nuits se faisaient plus chaudes, plus claires, mais la fièvre avait disparu et des rêves suaves et tendres se penchaient sur la tête d'Esther. A présent sa vie semblait plus sereine, un balancement égal entre des heures égales au rythme d'une passion paisible, et tous les buts, perdus jusqu'alors dans les ténèbres, réapparaissaient loin, très loin dans l'avenir, au terme de chemins lumineux.

Ce fut enfin le couronnement de l'été: la fête de la Vierge, le plus beau jour dans les Flandres. A travers les champs dorés, où règne d'ordinaire une activité intense, se déroulent de longues processions chamarrées, avec leurs bannières qui flottent et leurs drapeaux gonflés par le vent. L'ostensoir rayonne tel un soleil au-dessus des récoltes que le prêtre bénit de sa main levée, et les voix prient dans un bourdonnement si doux que les gerbes frissonnent et s'inclinent humblement, sans fin. Haut dans les airs, les cloches sonores lancent inlassablement leurs appels et du haut des clochers, que l'on voit briller dans le lointain, des voix amies leur apportent une réponse joyeuse, et cette vibration allègre est si puissante que l'on croirait entendre le chant des fières forêts, de la terre elle-même, et le bruissement de la mer.

Cette splendeur de la campagne se déverse bientôt sur la ville, elle submerge les remparts menaçants. Le vacarme monotone des artisans cesse, les bruits haletants de la journée se taisent. Seuls des ménétriers parcourent les rues avec leurs fifres et leurs musettes, et les enfants, de leurs voix cristallines, poussent des cris de joie en dansant au son de la musique enjouée. La magnificence jaunie des vêtements de soie, contraints à reposer toute une année dans les armoires, scintille au soleil; dans leurs parures de fête, des groupes se rendent à l'église en bavardant.

Aux portes de la cathédrale, les fidèles sont accueillis par des vagues bleues d'encens et par une fraîcheur embaumée et à l'intérieur règne une splendeur printanière de fleurs éparpillées et de guirlandes somptueuses, disposées par des mains attentionnées autour des tableaux et des autels. Des milliers de cierges éclairent d'une lumière magique cette obscurité où aux senteurs se mêlent le bourdonnement de l'orgue et les chants; dans toute l'église frémissent une lueur mystérieuse et des ténèbres mystiques.

Puis cette atmosphère de piété révérencieuse semble soudain se répandre dans les rues. Un cortège de croyants se forme, les prêtres soulèvent sur leurs épaules le célèbre tableau du maître-autel, ce portrait de la Vierge auquel la rumeur attribue tant de miracles, et une procession solennelle se met en marche. Et en même temps que le portrait, on pourrait dire qu'ils portent le calme dans les rues bruyantes; car la foule qui s'écarte pour livrer passage au tableau fait silence et s'incline, recueillie, jusqu'à ce que l'image sainte réintègre l'église vaste et ombreuse qui l'ensevelit dans ses profondeurs embaumées.

Cette année-là, pourtant, de gros nuages venaient assombrir la fête religieuse. Depuis des semaines une pression sourde pesait sur le pays. On murmurait de plus en plus, sans que la nouvelle fût confirmée, que les vieux privilèges allaient être abolis. Les gueux et les protestants commençaient à s'agiter. Des bruits fâcheux parvenaient de la campagne: des prédicateurs protestants prêchaient en plein vent devant des milliers de personnes à l'entrée des villes et donnaient la communion à des citoyens en armes. Des soldats espagnols avaient été attaqués, et des assaillants avaient, disait-on, envahi des églises en chantant les psaumes de Genève.

Tout cela n'était pas encore attesté, mais on devinait les premières lueurs d'un incendie naissant, et les projets de résistance armée que les gens prudents formaient chez eux au cours de leurs réunions clandestines dégénéraient en bravade et en insubordination chez tous ceux qui n'avaient rien à perdre.

Ce jour de fête avait amené à Anvers cette première vague sale, cette populace sans foi ni loi qui n'est jamais unie et ne s'ameute soudain que pour se soulever. On vit apparaître dans les tavernes des individus inquiétants, que personne ne connaissait; ils maudissaient et menaçaient farouchement les Espagnols et les prêtres. Un peuple étrange et louche surgissait des recoins et des ruelles mal famées, pour se comporter avec insolence et provocation. Les querelles se multipliaient. De temps à autre se produisaient de légers heurts, mais ils ne se propageaient pas et s'éteignaient au contraire comme des étincelles isolées. Le prince d'Orange maintenait encore une discipline sévère et surveillait cette racaille avide, querelleuse et malintentionnée, qui ne faisait cause commune avec les protestants que par appât du gain.

La grandiose solennité de la procession ne fit qu'attiser la fureur des instincts refoulés. Pour la première fois, des plaisanteries grossières vinrent se mêler au chant des fidèles, des menaces aveugles et des rires sarcastiques s'élevèrent. Certains chantaient les paroles du Chant des gueux sur l'air des cantiques. Un jeune garçon imitait le prédicateur d'une voix coassante, à la grande joie de ses camarades. D'autres saluaient le portrait de la Vierge en agitant galamment leurs chapeaux, comme ils l'eussent fait pour une dame aimée. Les soldats et les quelques fidèles qui avaient osé se rendre à la fête étaient impuissants et durent, les dents serrées, supporter des quolibets de plus en plus insolents. Le peuple déchaîné faisait montre d'une arrogance croissante depuis qu'il avait pris conscience de sa force. Presque tout le monde, déjà, était en armes. Et les desseins funestes, qui pour l'instant s'exprimaient simplement à travers des jurons et de lourdes menaces, aspiraient à se traduire par des actes. Cette agitation menaçante pesa sur la ville comme une nuée d'orage pendant toute la fête et les jours suivants.

Les femmes ainsi que les hommes les plus soucieux ne quittaient pas leur maison depuis les incidents fâcheux qui s'étaient déroulés pendant la procession. La rue appartenait désormais à la populace et aux protestants. Esther, elle aussi, était restée chez elle ces derniers jours. Mais elle n'était pas au courant de tous ces événements et de ces troubles. Elle remarquait confusément que les gens se pressaient de plus en plus nombreux dans la taverne, que des voix criardes de filles se mêlaient au chœur irrité des hommes occupés à se quereller et à jurer, elle voyait autour d'elle des visages de femmes hagards et des individus qui chuchotaient en cachette. Mais elle était la proie d'une telle apathie, d'une telle indifférence à l'égard de tout qu'elle ne questionna même pas son père adoptif à ce sujet. Elle ne pensait plus qu'à l'enfant, à cet enfant qui était devenu depuis longtemps le sien dans ses rêves; tous ses souvenirs se fondaient dans cette unique image. Le monde ne lui semblait plus étranger, mais dépourvu de valeur, car il n'avait rien à lui donner; la pensée du petit être absorbait toute sa capacité d'amour et d'abandon ainsi que le besoin ardent de Dieu qu'elle éprouvait alors. L'heure où elle se glissait jusqu'au portrait, qui était pour elle à la fois Dieu et l'enfant, était le seul moment où elle respirait la vraie vie. Ses autres faits et gestes n'étaient que l'errance langoureuse d'un rêveur qui passe à côté des choses comme un somnambule. Tous les jours, elle restait agenouillée devant ce tableau que son âme ignorante s'était choisi pour Dieu, et une fois, où elle s'était enfuie de chez elle à l'insu de tous, elle s'était même laissé enfermer dans l'église toute une longue nuit d'été, chargée de parfums chauds.

Ces journées pesèrent lourdement sur elle, car elles l'empêchèrent de rejoindre son enfant. Lors de la fête de la Vierge, des masses endimanchées remplissaient les bas-côtés et la nef qui résonnait du chant des orgues. Mortifiée, humble comme une mendiante, Esther dut se diriger vers la sortie, au milieu de la cohue des fidèles; ce jour-là en effet, les croyants entourèrent sans relâche les deux tableaux et elle devait craindre d'être reconnue. Triste, presque désespérée, elle retourna sur ses pas, sans même sentir la lourde clarté du soleil, puisqu'il lui avait été refusé de contempler l'enfant. L'envie et la colère la saisirent à la vue de cette procession ininterrompue de pèlerins qui pénétraient par la haute porte de la cathédrale dans la pénombre bleue et odorante.

Le lendemain fut encore plus triste, car on lui interdit d'aller dans la rue, où circulaient des individus dangereux. Sa chambre, jusqu'où montait ainsi qu'une affreuse et épaisse fumée le vacarme de la taverne, lui devint insupportable. Une journée pendant laquelle elle ne pouvait pas voir l'enfant était pour son cœur troublé comme une nuit opaque, sans sommeil et sans rêves, une nuit remplie de tourments, de ténèbres et de désirs. Elle n'était pas encore assez forte pour supporter la privation. Tard le soir, alors que son père adoptif se trouvait dans l'auberge avec ses clients, elle descendit l'escalier tout doucement, avec précaution. Elle posa la main sur la porte et poussa un soupir de soulagement : elle était ouverte. Sans faire de bruit, déjà toute à la sensation de respirer un air dont elle avait été longtemps privée, elle se glissa au-dehors et se dirigea à grands pas vers la cathédrale.

Les rues qu'elle traversa en courant étaient sombres et pleines d'un grondement sourd. Il y avait partout des attroupements et la nouvelle du départ du prince d'Orange avait déchaîné la violence. Les paroles menaçantes, qui durant toute la journée n'avaient été proférées qu'isolément, et de façon irréfléchie, prenaient maintenant l'allure de commandements. Au milieu de tout cela, les ivrognes hurlaient et des fanatiques entonnaient des chants séditieux, à en faire vibrer les fenêtres. On ne cachait plus les armes : haches, crocs, épées et piques étincelaient dans la lueur vacillante des torches. Ces masses sinistres, auxquelles personne n'osait s'opposer, s'assemblaient comme des flots voraces qui n'hésitent que quelques minutes à submerger toutes les digues de leurs vagues écumantes.

Esther ne prêta pas attention à cette meute révoltée, même si en se faufilant il lui arriva de devoir écarter un bras brutal qui, avec curiosité et avidité, tentait d'ôter le fichu dont elle s'était enveloppé la tête. Elle ne se demanda pas pourquoi une telle furie animait soudain ces bandes dont elle ne comprenait ni l'agitation ni les cris. Mais le dégoût et la peur l'envahirent, et son pas s'accéléra de plus en plus, jusqu'au moment où elle se trouva, hors d'haleine, devant la haute cathédrale que la lune revêtait d'un voile blanc, et qui dormait profondément dans l'ombre des maisons.

Apaisée, elle entra avec un léger tremblement par une porte latérale. Les bas-côtés étaient plongés dans une obscurité totale, seuls les vitraux aux tons mats étaient nimbés de la lumière argentée et mystique de la lune. Les bancs étaient déserts. Aucune ombre ne frissonnait dans ces vastes espaces où l'on n'entendait pas le moindre souffle, et les statues des saints dressaient devant les autels leur masse d'airain sombre et inerte. Dans les profondeurs qui paraissaient infinies, la lueur vacillante de la lampe du saint sacrement au-dessus des chapelles évoquait le scintillement discret d'une luciole. Tout était si empreint de calme et de sainteté dans cette quiétude immobile que, emplie de la silencieuse majesté des lieux, Esther assourdit craintivement le bruit de ses pas. Elle se dirigea à tâtons vers l'allée latérale et prit place en frémissant, avec une jubilation immense, teintée de mysticisme, devant le tableau qui semblait émerger de l'obscurité à travers des nuages épais et odorants, infiniment proche et infiniment lointain.

A partir de cet instant elle cessa de penser. Il se produisit le phénomène habituel: toutes les aspirations confuses de son âme en pleine formation se dissipaient dans de doux rêves chimériques, la ferveur semblait rayonner de toutes les fibres de son être et embrasser son front comme un nuage enivrant. Ces longues heures où se mêlaient, de façon inconsciente, et les langueurs et la piété, étaient pareilles à un doux poison légèrement narcotique; elles étaient une source obscure, le fruit heureux du jardin des Hespérides qui reçoit toute la vie divine et la nourrit. Car dans ces doux rêves instables et parcourus de frissons voluptueux se trouvait la félicité. Son cœur en émoi battait solitaire dans le grand silence de l'église vide. Du portrait émanait une très légère clarté, vaguement argentée, comme si une lumière brillait dans ses profondeurs. Mais elle reconnut son enfant dans ces rêves exaltés qui lui faisaient quitter les marches glaciales pour la transporter dans la sphère douce et chaude d'une lumière immatérielle. Elle ne savait plus depuis longtemps que c'était là un enfant étranger, qui avait simplement croisé son chemin. Il était pour elle, dans ses songes, Dieu, et aussi le Dieu de toute femme, le produit vivant de sa propre chair. Une vague aspiration vers Dieu, une extase inquiète et un désir naissant de maternité tissaient la toile mensongère du rêve de sa vie. Il y avait désormais pour elle de la clarté dans cette vaste obscurité pesante, elle entendait de doux sons de harpe dans le frémissement du silence, qui ne connaissait ni paroles humaines ni sonnerie d'horloge. Le temps passait, d'une marche inaudible, au-dessus de son corps étendu sur le sol.

Soudain un choc brutal ébranla la porte. Puis un deuxième et un troisième; elle se dressa, effrayée, et fixa l'obscurité terrifiante. De nouveaux coups retentissants firent trembler tout le fier édifice et rouler à travers l'obscurité les lampes solitaires, pareilles à des yeux de braise. Le cri des limes qui attaquaient le verrou résonnait dans l'espace vide comme un appel au secours; les murs répercutaient violemment ces bruits sinistres et confus. La colère avide de la foule frappait à la porte et le grondement des voix irritées rendait un son creux dans cette solitude; on avait l'impression que la mer en furie avait arraché toutes les digues et que ses vagues se brisaient devant les portes gémissantes de la maison endormie de Dieu.

Esther écoutait, hagarde, comme tirée brutalement d'un songe. Enfin la porte fracassée céda. Une marée sombre déferla et remplit les voûtes puissantes de ses hurlements déchaînés. Et il y en avait toujours davantage. Des milliers d'hommes semblaient être encore dehors à attendre et à exciter les assaillants. Telles des mains avides, des torches ivres se mirent soudain à étinceler et leur lueur sanglante et incertaine éclairait des faces sauvages, déformées par le fanatisme, où brillaient des yeux ardents comme le péché. Ce fut alors seulement qu'Esther devina confusément les intentions des hordes sinistres qu'elle avait ren- contrées sur son chemin. Déjà on entendait le bruit sec des premiers coups de hache s'abattant dans le bois de la chaire; des tableaux furent jetés à terre, des statues renversées. Des tourbillons de jurons et de railleries montaient de ces flots sombres au-dessus desquels les torches vacillaient, comme effrayées par ce comportement insensé. Dans la plus grande confusion, la foule se répandit vers le maître-autel, pillant, saccageant, profanant. Les hosties voltigeaient vers le sol, telles des fleurs blanches; lancée par une main farouche, une veilleuse traversa l'obscurité comme un météore. Ils étaient de plus en plus nombreux à se presser, et les torches flamboyaient tant et plus. Un tableau prit feu et la flamme s'éleva très haut, semblable à un serpent qui darde sa langue. Quelqu'un s'en était pris à l'orgue; les sons déments de ses tuyaux fracassés retentissaient à travers l'obscurité, comme un strident appel au secours. Des silhouettes émergeaient, qu'on aurait cru surgies de rêves confus et fous. Un individu excité au visage sanguinolent cirait ses bottes avec les saintes huiles sous les acclamations bestiales des autres. Des vauriens en guenilles paradaient, revêtus d'habits épiscopaux richement brodés, une fille à la voix de crécelle avait posé l'auréole dorée d'une statue sur sa tignasse sale. Des voleurs buvaient le vin à même les vases sacrés en trinquant et, au pied du maître-autel, deux d'entre eux, un couteau étincelant à la main, se disputaient un ostensoir paré de pierres précieuses. Des filles avinées se livraient à des danses obscènes devant les sanctuaires. Des ivrognes crachaient dans les bénitiers. Des forcenés démolissaient aveuglément de leurs haches flamboyantes tout ce qui se trouvait sur leur chemin. Le bruit s'enfla en un vacarme confus traversé de voix glapissantes. Ainsi qu'une vapeur pestilentielle épaisse et rebutante, le tumulte s'élevait vers les voûtes noires qui regardaient de leur œil sombre la lueur sautillante des torches, apparemment impassibles, inaccessibles à cette agitation dérisoire et désespérée des hommes.

A demi évanouie, Esther s'était cachée dans l'ombre de l'autel. Elle avait l'impression que tout cela n'était qu'un rêve qui s'évanouirait soudain, tel un fantôme. Mais déjà les premières torches se précipitaient dans les bas-côtés. Des individus, tremblant d'une passion fanatique, comme en état d'ivresse, escaladèrent les grilles ou les brisèrent à grands coups retentissants, renversèrent les statues et arrachèrent les peintures de leurs châssis. Des poignards qui étincelaient, pareils à des serpents de feu à la lumière vacillante des torches, s'attaquèrent avec fureur aux boiseries et aux tableaux qui furent précipitées par terre avec leurs cadres réduits en morceaux. Les hordes s'approchaient toujours davantage dans la fumée tremblante de leurs flambeaux. Esther retint son souffle et s'enfonça plus profondément dans l'obscurité. Son cœur consumé par l'attente et par l'angoisse cessa de battre. Elle n'était pas encore capable d'interpréter les événements et ne ressentait que de la peur, une peur subite, indomptable. Des pas se firent de plus en plus proches. Et un gaillard vigoureux abattit sauvagement la grille d'un seul coup de hache.

Elle se crut déjà découverte. Mais elle ne comprit le dessein des envahisseurs qu'à l'instant suivant, lorsque, devant l'autel voisin, une statue de la Madone s'écrasa au sol avec un cri aigu d'agonie. Elle se mit soudain à redouter que l'on ne veuille détruire aussi son tableau, son enfant, et cette appréhension devint une certitude quand, à la lumière incertaine des torches, les œuvres furent, l'une après l'autre, arrachées, piétinées, écrasées, au milieu des cris d'allégresse et des sarcasmes. Toutes ses réflexions convergèrent d'un coup vers cette idée effroyable qui surgit, tel un éclair: on voulait assassiner l'enfant qui, dans ses rêves confus, s'était depuis longtemps confondu avec son propre enfant vivant. En une seconde, tout flamboya, comme plongé dans une lumière aveuglante. Une pensée, la pensée qui occupait toutes ses journées, se chargea en ce moment précis d'une intensité mille fois plus grande et embrasa son être: l'enfant, sauver son enfant. A cette seconde, son rêve et la réalité se rejoignirent dans une ferveur désespérée. Les vandales fanatiques se ruaient déjà vers l'autel. Une hache se dressa haut dans les airs, et à cet instant elle perdit toute sa lucidité et se jeta, les bras ouverts, devant le tableau pour le protéger...

Ce fut comme un enchantement. Avec un bruit sourd, la hache heurta le sol, lâchée par la main qui retombait sans forces. Et la torche, tenue dans un poing qui se figeait, s'éteignit en sifflant. On eût dit que la foudre avait frappé cette foule tapageuse et enivrée. On n'entendit plus aucun bruit, seul jaillit un cri étranglé: «La Madone... la Madone.»

Ils étaient tous là, tremblants et blêmes. Quelques-uns, tout flageolants, tombèrent à genoux et se mirent à prier. Il n'y avait personne qui ne frémît au plus profond de lui-même. Tous étaient subjugués par cette illusion prodigieuse. Pour eux il n'y avait aucun doute: il s'était produit ici un miracle souvent attesté et relaté: la Madone, car ses traits étaient manifestement ceux du tableau, avait protégé son portrait. Leurs consciences s'exaltaient à la vue de cette jeune fille qui, à leurs yeux, était le tableau vivant. Jamais leur foi ne fut plus vive qu'en cet instant bref et fugitif.

Mais d'autres déjà se précipitaient. Des torches éclairèrent le groupe figé et la jeune fille qui se pressait, à demi paralysée, contre l'autel. Le vacarme recouvrit le silence. A l'arrière, la voix grinçante d'une catin cria: «En avant, ce n'est que la Juive de l'aubergiste.» Et subitement le charme fut rompu. Mortifiés, pleins de honte et de colère, les vandales prirent les marches d'assaut. Un poing brutal repoussa Esther sur le côté, la faisant trébucher. Mais elle se ressaisit; elle se battait pour le portrait, comme s'il s'agissait d'une créature de chair et de sang. En proie à une fureur aveugle et animée par son opiniâtreté native, elle frappa les iconoclastes avec un lourd chandelier d'argent; l'un d'eux s'effondra en jurant, mais un autre s'élança en avant, fou de rage. Un poignard jaillit, tel un bref éclair rouge, et Esther s'affaissa. Déjà l'autel volait en éclats et les débris pleuvaient sur elle, qui ne ressentait plus aucune douleur. Le portrait de la Vierge à l'enfant et celui de la Madone au cœur transpercé tombèrent tous deux à terre, sous l'effet d'un seul coup de hache furieux.

Et la tempête se déchaîna de plus belle; les pillards couraient d'église en église, remplissant les rues d'un vacarme abominable. Une nuit terrible s'abattit sur Anvers. A l'annonce de ces événements, on frémissait d'effroi dans les maisons. Des cœurs anxieux battaient derrière les portes verrouillées. Mais la flamme de la révolte flottait, pareille à un drapeau, sur le pays tout entier.

Cette nuit-là, le vieux peintre fut lui aussi saisi d'une angoisse irrépressible lorsqu'on l'eut mis au courant des déprédations commises par les iconoclastes. Ses genoux tremblèrent, et il saisit un crucifix d'un geste suppliant pour implorer Dieu de sauver le tableau que, de façon manifeste, Sa grâce lui avait offert. Cette pensée effroyable le tourmenta pendant toute cette nuit sinistre et tumultueuse. Et, aux premières lueurs de l'aube, il lui fut impossible de rester plus longtemps chez lui.

Son dernier espoir s'écroula devant l'église comme un arbre qu'on abat. Les portes étaient enfoncées, des lambeaux de tissus et des éclats de bois, de même que des traces sanglantes, indiquaient le trajet impitoyable des iconoclastes. Tâtonnant dans l'obscurité, il s'approcha avec peine de son œuvre. Ses mains se tendirent vers l'endroit où elle se trouvait. Mais elles s'égaraient, s'égaraient dans le vide. Et elles retombèrent, fatiguées. Brusquement, la confiance qui pendant tant d'années avait rempli son être et lui avait fait chanter des cantiques d'action de grâces à Dieu s'envola, telle une hirondelle effarouchée.

Il se ressaisit enfin et fit de la lumière. Une lueur fugitive jaillit de la pierre à briquet et lui dévoila un spectacle qui le fit reculer en chancelant. Sur le sol gisait, au milieu des décombres, la Madone du maître italien, la Madone aux traits doux et tristes et au cœur saignant, transpercé d'un coup d'épée. Mais ce n'était pas le portrait: c'était la Madone elle-même, en personne... Le front du vieil homme était couvert d'une sueur froide lorsque la flamme s'éteignit. Il pensait vivre un cauchemar. Mais en rallumant la lumière il reconnut Esther, étendue, mortellement blessée. Et, par un étrange prodige, celle qui avait dans la vie incarné sa vision de la Vierge avait pris dans la mort les traits de la Madone du peintre étranger, dont elle avait connu le destin ensanglanté...

C'était un miracle, un miracle incontestable. Mais le vieil homme ne voulait plus croire à aucun miracle. Au moment même où il la vit morte à côté de son tableau fracassé, elle, la fleur qui avait éclairé d'une douce lumière les derniers jours de sa vie, les cordes pieuses de son âme se brisèrent. En l'espace d'une minute, il renia le Dieu qu'il avait adoré pendant soixante-dix ans. Tout cela pouvait-il être l'œuvre d'un Dieu sage et bienveillant? Un Dieu qui n'accordait tant de joie créatrice et de splendeur naissante que pour les réduire ensuite à néant, sans raison? Il ne pouvait s'agir là d'un acte délibéré: ce n'était que le jeu d'une volonté folâtre! Un simple prodige de la vie, et non un miracle divin, un hasard, comme il s'en produit des milliers chaque jour, s'entrelaçant pour se défaire à nouveau.

Rien de plus! Se pouvait-il donc que les âmes bonnes et pures comptent si peu au regard de Dieu qu'il les rejette dans un jeu désinvolte? Pour la première fois, dans une église, il désespérait de Dieu, parce qu'il l'avait cru grand et bon et qu'à présent il ne comprenait plus ses desseins.

Il regarda longtemps la jeune morte qui avait répandu sur ses dernières années tant de lumière et de piété. Et il se radoucit, et revint au sentiment de la justice, lorsqu'il vit la félicité retenue qui émanait de ses lèvres brisées. Son cœur plein de bonté redevint humble. Avait-il vraiment le droit de demander qui avait accompli cet étrange miracle: cette jeune Juive solitaire mourant pour l'honneur de la Madone? Pouvait-il examiner si c'était l'œuvre de Dieu ou de la vie? Avait-il le droit d'habiller l'amour de mots qu'il ne connaissait pas, avait-il le droit de se rebeller contre Dieu, parce qu'il ne comprenait pas Sa nature?

Le vieil homme frissonna. Il se sentit très pauvre en cette heure de solitude. Il reconnut que durant ces longues années il avait erré seul entre Dieu et la vie, qu'il avait voulu donner un double visage à ce qui était simple et pourtant impossible à interpréter. Les mêmes étoiles merveilleuses n'avaient-elles pas éclairé la marche tâtonnante de cette âme de femme en train de s'ouvrir – Dieu et l'amour n'avaient-ils pas fait qu'un en elle, comme partout ailleurs?...

Les premières lueurs de l'aurore embrasaient doucement les vitraux. Mais il ne perçut pas cette lumière, car il n'aspirait plus à des jours nouveaux, à la vie, qu'il avait parcourue pendant de si longues années, effleuré par ses prodiges sans qu'ils l'eussent jamais illuminé. Et, sans crainte, il se sentit désormais proche de cette ultime merveille qui n'est plus une illusion ni un rêve, mais la vérité : obscure, éternelle.

LITTÉRATURE ÉTRANGÈRE

Afrique du Sud

RICHARD RIVE
Buckingham Palace,
Sixième district

Allemagne

ROBERT DACHS
Bonbons viennois

MICHAEL ENDE
Le miroir dans le miroir

LUDWIG HARIG
Manuel de conversation...
Vers l'âge d'or
L'ordre, c'est la vie

SIEGFRIED LENZ
Le bateau-phare

LIBUSE MONIKOVA
La façade

UNICA ZURN
Sombre printemps

Argentine

ROBERTO ARLT
Les sept fous
Les lance-flammes
Un terrible voyage

ABEL POSSE
Les chiens du Paradis

MANUEL PUIG
Sang de l'amour partagé

Autriche

STEFAN ZWEIG
Ivresse de la métamorphose
Destruction d'un cœur

Brésil

MARCIO SOUZA
Mad Maria

JOAO UBALDO RIBEIRO
Vive le peuple brésilien

Chine

ZHANG XIANLANG
La moitié de l'homme, c'est la femme

Colombie

ALVARO CEPEDA SAMUDIO
Le maître de la Gabriela

Cuba

NICOLAS GUILLEN
Le chant de Cuba

Espagne

RAFAEL ALBERTI
La futaie perdue

LUIS GOYTISOLO
Sillage du feu qui s'éloigne

QUIM MONZO
Essence

J. MARIA DE SAGARRA
Vies privées

États-Unis

ERSKINE CALDWELL
Le bâtard
Haute tension à Palmetto
Les braves gens du Tennessee

LESLIE EPSTEIN
Le roi des Juifs

F. SCOTT FITZGERALD
Tendre est la nuit
Love boat
Entre trois et quatre
Fleurs interdites

JOHN HAWKES
Les deux vies de Virginie

WILLIAM KENNEDY
L'herbe de fer
Jack « Legs » Diamond
Billy Phelan

JAMAICA KINCAID
Annie John

SUSANNA MOORE
La baie des îles

GLORIA NAYLOR
Les femmes de Brewster Place
La colline aux tilleuls

LOUISE SHIVERS
J'suis venue pour faire sortir mon enfant de prison

GORE VIDAL
Burr
Messiah

Grande-Bretagne

ANITA BROOKNER
Hôtel du Lac
La vie, quelque part

RUTH RENDELL
Douces morts violentes

ALAN SILLITOE
Loin des vagues

Grèce

ARISTOTE NIKOLAIDIS
La machination
La disparition d'Athanase Telekidis

Guyane britannique

WILSON HARRIS
L'échelle secrète
L'ange sur le seuil

Inde

R. K. NARAYAN
Le guide

Israël

AHARON APPELFELD
Le temps des prodiges
Badenheim 1939
Tsili

Italie

FRANCESCA DURANTI
La maison sur le lac de la lune

MARIO SOLDATI
L'épouse américaine
L'architecte

LINA WERTMULLER
La tête d'Alvise

Mexique

JORGE IBARGUENGOITIA
Les mortes

Nigeria

CHINUA ACHEBE
Les termitières de la savane

WOLE SOYINKA
Aké, les années d'enfance
Cet homme est mort
Une saison d'anomie
Que ce passé parle à son présent

AMOS TUTUOLA
Ma vie dans la brousse des fantômes

Nouvelle-Zélande

WITI IHIMAERA
Tangi

Paraguay

AUGUSTO ROA BASTOS
Moi le Suprême
Fils d'homme

Pays-Bas

JAN DE HARTOG
Les renégats
L'étoile de la Paix

DIET VERSCHOOR
La danse de l'arlequin

JAN WOLKERS
Les délices de Turquie

Pérou

MANUEL SCORZA
Roulements de tambours pour Rancas
Garabombo l'invisible
Le cavalier insomniaque
Le chant d'Agapito Roblès
Le tombeau de l'éclair
La danse immobile

Portugal

ALMEIDA FARIA
Chevalier errant
La Passion
Déchirures

Russie

M. AGUÉEV
Roman avec cocaïne

SCHALOM ASCH
Pétersbourg
Varsovie
Moscou

VLADIMIR MAKANINE
Le retardataire

Suisse

HUGO LOETSCHER
Le déserteur engagé

Uruguay

MARIO BENEDETTI
La trêve
L'étincelle
Printemps dans un miroir brisé

Viêt-Nam

DUYEN ANH
Un Russe à Saïgon
La colline de Fanta

Yougoslavie

IVO ANDRIC
Titanic et autres contes juifs

MIODRAG BULATOVIC
Gullo Gullo

MILORAD PAVIC
Le dictionnaire Khazar
Paysage peint avec du thé

TABLE

L'amour d'Erika Ewald 7

L'étoile au-dessus de la forêt 69

La marche 85

Les prodiges de la vie 95

Cet ouvrage a été composé
par Comp'Infor, Saint-Quentin (Aisne)
et imprimé par
la S.E.P.C. à Saint-Amand-Montrond (Cher)
pour le compte des éditions Belfond.

Achevé d'imprimer en septembre 1990

Dépôt légal : septembre 1990.
N° d'Éditeur : 2588. N° d'Impression : 2056.

Imprimé en France